ン学 第20号
2018年5月

目次

●講演録

南蛮学の書斎、再び

――大村市で蘇った松田毅一文庫

久田松　和則

松田毅一氏はその著書・論文等で「南蛮」という言葉をよく使われている。本来は中華思想の「蛮」を基に南方の蛮族という意味で用いられたが、ポルトガル・スペイン人が来日した一六世紀の頃には、「彼方の遠い国」という意味に転じ、「南蛮渡来」等の熟語となって、いわゆる舶来という意味で使われていた。

一六世紀末期、当時の庶民の間に出回った品として、南蛮綿・南蛮箸・南蛮帽子等の品名が記録の中に散見され、庶民の生活の中でも「南蛮」の言葉は使われていた。

その松田毅一氏の南蛮学の書斎は、京都府長岡京市にあった。壁全面の書架には五〇〇〇冊とも言われる蔵書が整然と並び、図書館書庫のように各蔵書には整理番号が付されたラベルが貼られ、それは諸氏から送られてくる論文抜刷にも及んでいた。

この書斎がルイス・フロイス文書の翻刻を始め、膨大な研究実績を残された現場であった。フロイス『日本史』・『一六・一七世紀イエズス会日本報告書』等の翻訳では、緻密な考証で定評がある。その作業の中で「Ixibaxiti」（イシバシティ）＝「石走か?」という地名の確認や、その他在地史料の照会を度々受けたことがある。一字一句を確認されながらの翻訳作業を目の当たりに感じた。

氏は平成六年六月の時点で、七一四編の著書・訳書・編著・共著を著し、三三八回の講演・放送・発表・対談を行っている。その著述の場もこの書斎であった。昭和六三年一〇月の大村純忠に関するシンポジウムの折、基調講演の原稿を事前に渡され、会場では耳で氏の講演を聞き、目で原稿を追うと一字一句違わず話が流れ、時間も定まった三〇分丁度で収まった。テレビ・ラジオで話される機会が多かった氏は、定められた時間に合わせて、話す通りの原稿を事前に準備されることを信条とされていた。

松田氏と大村市の関わりは、昭和三〇年に『大村純忠伝』を執筆されたことに始まる。時に三〇歳であった。平成六年の時点で三三八回の講演等の内、長崎県内での講演はその一割の三二回に及び、更にその内の一四回はこの大村での講演であった。

　大村純忠のシンポジウムの後に戴いた平成二年一二月の書簡では、「長岡京市の市民大学とか申す催しのスピーカーは、いつも芸能関係者で、少しは大村市を見習えと云いたくなります」と記されている。こういった松田毅一氏の大村市に対する愛着、そして大村市からの懇願によって、平成一二年二月に松田毅一文庫が設置され、この大村市において南蛮学の書斎が蘇った。蔵書数は邦文図書四〇一六冊、欧文図書一三五冊、欧文複写記録一四六件・四一冊に及ぶ。

　松田氏の生涯の研究テーマ・大村純忠は天正一五年（一五八七）五月二五日に没した。松田毅一氏は平成九年の五月一八日に逝去、没日は純忠とは一週間・七日違いであった。

大村史談会概要

　大村史談会は東京大学国史学科卒業の渋江小摩策を中心に昭和一二年に発会した。しかし戦争の激化によって活動は中断したが、戦後昭和二八年一月に再発足した。以来、主に旧大村藩領を研究領域として、毎月の例会発表、研究誌『大村史談』の発行、長崎県内外の史跡巡見、市民対象の講演会・史跡巡り等を実施し今日に至っている

【歴代会長】（就任年）

　渋江小摩策（昭和一二年）　初代・御厨文一（昭和二八年）　二代・馬場重雄カ（昭和三八年）　三代・宮崎五十騎（昭和四一年）　四代・渋江武（昭和四三年）　五代・一瀬亘（昭和五二年）　六代・今里和夫（昭和五五年）　七代・河野忠博（昭和六二年）　八代・梅田和朗（昭和五二年）　九代・田中誠（平成五年）　一〇代・氏福治隆（平成二三年）　一一代・久田松和則（平成二八年）

【会員数】

　一二〇名（内二四名は賛助会員―『大村史談』巻末広告会員）

【例会】

　毎月第二土曜日、会員による研究発表（約九〇分）

　会場・大村市立史料館会議室―大村市福祉センター

　例会出席人数・約三〇名

【研究誌】

『大村史談』第一号・昭和三八年～第六八号（平成二八年度
年一回発行　昭和五九年～平成六年（第二六号～第六五号）は
年二回発行

【史跡巡見】長崎県内外に及ぶ

　年間に二度開催

　五月・日帰り巡見（長崎県内及び隣接県地域）

　一〇月・一泊巡見（九州内）

【出版事業】

①『大村史話』上・中・下（昭和四八年）

　　昭和四九年再版　昭和五二年改訂版

②大村藩藩政日記『九葉実録』翻刻 全六巻（平成六年～同九年）

③『おおむら史記』大村史談会青年部（昭和五七年）

【講演会】

一般市民対象に大村市教育委員会との共催により、年一回、「郷土誌講演会」を開催

（二月）　来場者数　一〇〇名～四〇〇名

【大村市との共催事業】

①大村市福祉センター　「郷土誌講座」　月一回　講師派遣

②大村市中央公民館　「市内内史跡巡り」　年九回　講師派遣

（くだまつ・かずのり　富松神社宮司）

●講演録

続踏絵考

浅野ひとみ

絵踏（踏絵を踏む行為）に関しては、古賀十二郎、岡田章雄、片岡弥吉等先学による研究があるが、人々が何を踏まされたかに関してはこれまで詳細に検討されてこなかった。発表者は、古文書等からうかがわれる踏絵（絵踏に用いられた主に金属製のプラケット）の実態を考察する。

絵踏は島原の乱後、北部九州を中心に制度として確立するが、時代や地域によりかなり実施方法が異なる。宣教師報告から知識を得ていた西洋では、緊迫感満ちた行為とみなされているが、実際は、宗門改の儀式として、淡々と行われていたようだ。岡田章雄は、絵踏と共に行う南蛮誓詞が、表面的に「転ぶ」信者の心理を揺さぶったと指摘している。確かにキリスト教聖人像を知らない日本人が聖母子の図像を踏むように指示されても、それだけでは涜聖観念は生じなかっただろう。

絵踏は来日あるいは漂着した異邦人にも実施されていた。「平気で聖像を踏む」（『ガリバー旅行記』）と揶揄されたオランダ人の進言により、絵踏は長崎でまず廃止となるが、豊後などでは一八六八年頃まで続けられた。

絵踏は、当初紙に描かれた聖人像（掛絵）を踏ませていたと言われるが具体的に何をさしているのかは不明であり、博物館等に伝わる「紙踏絵」は現在、偽作とみなされている。一方、銅板画が踏絵に用いられたという宣教師の報告があり、東京国立博物館に作例が数点伝わることから、これらが踏絵として使われた現物である可能性も排除できないだろう。

長崎奉行所が萩原祐佐に製作を命じた踏絵用のプラケットは、一九点が現存する（東博）。四種の図像はその当時スペイン等で流行した主題と一致するが、「無原罪の聖母」像が無く、磔刑のキリスト像では十字架脇の聖母マリアと聖ヨハネの姿が無い。これらの点に関して、発表者は、奉行所側が、踏絵図像を観音と混同しないように工夫したものと考える。
　マレガ神父の紹介した資料によると、幕末には絵踏はすっかり行事化している。酒に酔って踏絵の上に上手に立てなかった男が別の日にもう一度会所に呼ばれることになった話、何やら白いものが見えたが何を踏んでいるかよくわからないものを踏み越した話、などいささか牧歌的である。図像に対する忌まわしさは廃止後でさえも抜けきらなかったものの、絵踏は完全に形骸化された行事となりはて、開国後は長崎奉行所にあった踏絵をみやげに購入しようとする外国人が出現するに及んで日本人はそれらが、異国情緒あふれるキリシタン遺物であることを認識したのである。こうして、キリシタン文化の次のフェーズ、すなわち、キリシタン・ロマン期が幕を開けるのだ。

（あさの・ひとみ　長崎純心大学教授）

●講演録

天正遣欧使節と千々石ミゲル
――イエズス会脱会の背景

大石 一久

一 天正遣欧使節

天正遣欧使節とは、天正年間（一五八二～九〇）にイエズス会がローマに派遣した使節団をさす。一五八二（天正一〇）年、九州の大友宗麟・有馬晴信・大村純忠ら三大名の名代として、巡察使ヴァリニャーノの勧めで四人の少年が派遣された。正使として伊東マンショ（宮崎県西都市出身）と千々石ミゲル（長崎県千々石町出身）、副使として原マルチノ（長崎県波佐見町出身）と中浦ジュリアン（長崎県西海市出身）が選ばれ、出発時、彼ら四人の年齢は一二～三歳だったといわれている。その他、諫早出身のドラードや修道士ジョルジ・ロヨラらも随伴した。派遣の目的は、資金援助を日本の教会にもたらし、若い日本人使節らに帰国後の目撃証人としての貢献に期待する点にあったが、もう一つ、托鉢修道会（フランシスコ会、ドミニコ会など）の日本宣教を阻止し、イエズス会による布教独占の認可を求める意図もあったと考えられる（「日本諸事要録」など）。性格はあくまでもイエズス会という一カトリック修道会の私的な使節団であったのだが、その成果と影響には後々の日本と西欧諸国との交渉史において多大なものがあった。

ただ、使節そのものについては幾つか疑問視される点がある。とくに教皇謁見で中浦ジュリアンが外されたのは病気のためではなく意識的に三人に絞られた結果ではないのかなど、問題は多い。

二 ミゲルの後半生

天正遣欧使節としてローマに立った四人の少年たち、その一人、雲仙市千々石町出身の千々石ミゲルは、帰国後、他の三人の生き方とは全く別の道を歩んだ。

一六〇一～三年ころ、ミゲルはどういうわけかイエズス会を脱会し、食録六〇〇石の好待遇で大村藩初代藩主大村喜前に仕え、名を「清左衛門」（以下、ミゲルを使用）と改めた（「新撰士系録」「郷村記」「大村家秘録」など）。ミゲルと喜前とは従兄弟関係にあたり、喜前の父で日本最初のキリシタン大名となった大村純忠はミゲルの叔父であったのだが、帰国の翌年一五九一年七月には天草コレジオで四人揃ってイエズス会入会を果たした。ルイス・フロイスは、ミゲルの言葉として「どれほど広大な領地をもらったとしても、また有馬殿（が有するの）よりも広大な支配権を得ても、（イエズス）会に入ることを思い留まりはしないであろう」（「一五九一・九二年度日本年報」）とまで書き残している。

それから約一〇年間、資料が限られほとんど空白の期間ではあるが、ミゲルはローマに立った使節の一人として大きく羽ばたいた人生であったように思われた。ところが、彼の名は再度ドラマティックな舞台に登場してくる。一六〇一～三年にイエズス会を脱会、しかも脱会後彼が身を寄せた大村藩はキリシタン王国としてキリスト教に特化した体制を維持しながらも近世藩体制づくりの産みの苦しみの時期にあたり、その混乱がさらにミゲルの人生を大きく揺さぶっていくことになる。

従兄弟である大村藩主喜前は「サンチョ」の洗礼名をもつキリシタン大名だったのだが、彼との関係は長くは続かなかった。替地問題（長崎外町と西浦上との交換問題）を経た翌一六〇六年二月、喜前は大村藩内からのバテレン追放を実施（一六〇六年セルケイラ書簡、同年ピレス書簡、ルセーナ『回想録』、同年「耶蘇会目録」など）、それを機にミゲルは、大村藩以上にキリシタン王国としてあった有馬晴信（日野江藩）のもとに移る。晴信が一五八〇年に受洗した際の洗礼名は「ドン・プロタジオ」だったが、ミゲルが移った一六〇六・七年時には「ドン・ジョアン」となっており、堅信の秘跡を受けた後の堅信名と考えられる（「一六〇六、〇七年の日本の諸事」）。それだけ当時の有馬はキリシタン時代の黄金期にあったことは間違いない。その象徴が「新城を神の保護のもとに置く」（「一六〇四年度准管区年報」）として宣教師により祝別された原城であったし、一六〇〇年前後から始まるキリシタン墓碑の集中的建碑だった（大石編著『日本キリシタン墓碑総覧』）。

ところが、一六一二年有馬が禁教すると、ミゲルは、他の有馬キリシタン同様に当時「日本のローマ」（メスキータ一六一三年三月書簡）と喩えられた長崎に移り、一六二二～二三年ころまでは長崎にいたという（ルセーナ『回想録』）。

その後の行方は不確かだが、二〇〇四年に特定した伊木力墓碑をミゲル夫妻の墓碑とすれば、晩年は当時潜伏キリシタンの集落だった伊木力（諫早市多良見町）にあったと思われる。紀年銘の寛永九年一二月（一六三三年一月）に従えば、享年は六四歳ころであった。

三　ミゲルのイエズス会脱会とその背景

ミゲルについて、一六一〇年ごろに成立した『伴天連記』に「ちゞわ清左衛門」は「伴天連を少うらむる子細有て寺を出る」とある。「少うらむる子細」とは一体どういう事情を指しているのか。
まず注目すべきは、イエズス会を脱会した一六〇一〜〇三年という時期である。この時期はキリスト教が一番盛んに宣教されていた時代であり、近くでは平戸松浦藩（一五九九年禁教）を除いた大村・有馬・長崎などの宗教環境は最も良好な時期にあった。それにも関わらず、何故に脱会したのか。その謎を解く鍵は幾つか想定されるが、その一つが当時の日本キリスト教界内部におこったイエズス会と托鉢修道会の対立抗争にあったと考えられる。

一六〇〇年代初期といえば、これまで日本布教を独占していたイエズス会に対し、一六〇〇年一二月に教皇クレメンス八世が、諸修道会のポルトガルとゴア経由での日本布教を承認する勅書が発せられ、フランシスコ会をはじめドミニコ会などが日本における宣教活動を開始した時期にあたる。これ以降、イエズス会と各会派間の軋轢・騒擾が激しさを増してくる（高瀬弘一郎「フランシスコ会のグレゴリオ一三世小勅書廃止運動」、『イエズス会と日本（一）』など）。当時の軋轢を示唆する具体的な資料として、やや時代が下るが一六二一年「ヒミの村長ミゲル・ゴンザエモンの妻カテリーナの陳述」（『南蛮史料の研究』）がある。それによれば、ドミニコ会ロザリオの組に属していたカテリーナに対し、イエズス会セバスチャン木村師から以下のような叱正を受けた。①ロザリオの組を棄て、町の人々にも棄てるように説得せよ。②イエズス会士は日本の司祭であるが、昨日この地に来たばかりの他の修道士は外来者であり、困難に堪え得る人々ではない。③イエズス会は施物を与える人々であるが、他の人々（ドミニコ会など）は施物を求める貧しい者。④もしロザリオの組を棄てず、イエズス会以外の司祭に宿を与えることを止めないならば、私（セバスチャン木村）は病気の時にも告解を許さないし埋葬もさせないなど。ドミニコ会側の報告書であるから、これも資料批判をしないといけないのだが、ただ相当激しい軋轢が在家信徒を巻き込んだ形であったことは事実であろう。

その他、イエズス会内部におけるポルトガル系宣教師とスペイン系宣教師の争い（「一五九五年一一月一八日ヴァリニャーノ、ゴア発総会長宛書簡」など）、日本人修道士に対する司祭叙階の遅延（「一六〇七年メスキータ書簡」など）、奴隷問題（フロイス『日本史』、高瀬弘一郎『モンスーン文書と日本』など）、十戒の第六「汝姦淫するなかれ」の罪に対する大きな弛緩と偽装（ヴィエイラ「一六一六年一〇月一四日マカオ発総会長補佐宛書翰」）、布教長カブラルや巡察師ヴィエイラなどの日本人蔑視（「一六一九年九月二五日付長崎発、コーロスの総会長補佐宛書翰」など）、大村・有馬における徹底した神社仏閣の破壊（フロイス『日本史』、『郷村記』など）。また、天正使節と同じ船で日本にやってきたペドロ・デ・ラ・クルスの日本軍事征服論（「一五九九年二月二五日付長崎発 イエズス会総会長宛書翰」）など、挙げれば切りがない。とくに軍事征服論はミゲルがイエズス会が説くキリスト教を「國を奪の謀」（「大村家秘録」）として非難した言葉に通じ、インカルチュレーションの精神を欠いた当時の布教のあり方を総体として批判したものと思われる。

遠藤周作は、その著『日本切支丹と殉教』の中で、初期キリシタン時代は二つの顔をもってやってきたと評した。魂の救済や慈善事業にみられる「愛ある顔」と、東洋の貿易に利と植民地支配を求めてくる「敵意ある顔」である。この遠藤の喩えに従えば、おそらくミゲルは「敵意ある顔」からの脱却をはかるためにイエズス会を脱会したものと思われる。

最後に、ミゲルの棄教問題についてふれる。結論的にいえば、ミゲルは棄教していなかったと思われる。脱会後のミゲルについては、ルセーナの『回想録』やセルケイラの「一六〇七年一〇月一〇日付け書簡」などで触れられている。ともに棄教したと述べてはいるが、ルセーナは仏教徒にはならなかったとする一方、セルケイラは法華宗になったとし矛盾する。脱会者ミゲルを扱う宣教師らの著作や書簡は非常に恣意的であり客観的なデータとしては弱い。では何をもって脱会後のミゲルの信仰を探れるかとなれば脱会後の彼の行動であり、その移転先での宗教環境と彼の立場から考察することが一番客観的なデータが得られるものと考える。

脱会後のミゲルは、大村藩、有馬（日野江藩）、長崎へと移り、晩年が伊木力だったと思われる。移転後の各地点は、先述したようにキリシタン隆盛の地であり、とくに大村や有馬は完璧なまでにキリスト教に特化したキリシタン王国を形成していた。しかもミゲルはそこに仕官という形で入り、体制の指導理念であるキリスト教を推奨する立場にあった。つまり、イエズス会という修道会は脱会したが、信仰は棄てていなかったのではないか。だからこそ、脱会後のミゲルは、大村、有馬、長崎というキリスト教が盛んな三地点にトライアングル状の移動の線を結ばせ、その延長戦上に伊木力があったものと思われる。

〔詳細は、拙著『天正遣欧使節 千々石ミゲル—鬼の子と呼ばれた男』（二〇一五年　文献社）参照〕

（おおいし・かずひさ　元長崎歴史文化博物館研究Gリーダー）

●講演録

スペイン世界と大村

椎名　浩

はじめに

本稿では、まずスペイン世界と大村の接点について概略をのべ、ついで、今回その歴史にどういう角度から迫ろうとしたかについて説明する。大会当日、あえてこのようなイントロダクションをもうけたのは、二つの理由があった。まず、全国から参加された懇話会会員各位に、大村がスペイン世界との交流に大きな足跡を残していることを改めて認識いただくためである。また、大村市ではポルトガルとの関係についてはよく知られており、本大会の趣旨と同年の一九九七年には同国のシントラ市と姉妹都市協定を結ぶにいたっているが、スペインとの関係史については広く共有されているとは言いがたく、今回のようなテーマを掲げた場合、ある種いぶかしげな反応を示す方すら少なくないと想像される(1)。したがってご当地の来聴者に向けても、多少ともそのあたりを解きほぐす必要を感じた次第である。

さて「スペイン世界 el Mundo Hispánico」または「スペイン語世界」といった場合、通常はスペインおよびラテンアメリカ諸国を中心に、現在スペイン語を公用語・日常語としている国々・人々の広がりをさすと思うが、本稿ではこの言葉をより柔軟に（我田引水的に！）用いたいと思う。すなわち各時代のスペイン王権が直接・間接に統治していた各地、およびスペイン語（とくに断らない限りカスティーリャ語のことと理解されたい）を用いて日本（大村）について書き、伝え、読み、認識した人々の広がり全体を視野に置くことにする。前者のうち、日本との関係では、フィリピン（当時の表現でルソン、交流の拠点はマニラ）がとくに重要であり、後者に着目すれば、イタリア出身のヴァリニャーノや、時としてあのフロイスまでが視野に入ってくる。

ポルトガル経由での日欧交流

周知のとおり、ポルトガルは十五世紀初めから、アフリカからインド洋にかけていわゆる東廻り航路を開拓し、一五一一年にはマラッカを征服する。一方十五世紀末のコロンブスの航海にはじまるスペインの西廻り航路も、南北アメリカ大陸をへて十六世紀前半には太平洋に出、世界周航で著名なマゼラン艦隊をはじめ数度にわたり太平洋探検の艦隊が編成される。だが北アメリカへの復路が開かれ（一五六五年）、その上でアジアの一角フィリピン（一五七〇年征服）がスペインの拠点としてメキシコとしっかり結ばれるのは、マラッカに遅れること六〇年を経てのことになる。マニラと日本の交渉、つまりスペインが国として日本と関わりをもつようになるのも、ポルトガル人の種子島到達（一五四三年）から四〇年ほどのタイムラグがある。したがって初期三、四〇年間の日欧交流はもっぱらポルトガル経由、つまりポルトガル船とのいわゆる南蛮貿易と、ポルトガルが布教保護権をもつイエズス会の布教を通じて行われた。

とはいえ、このポルトガル独占と思われる時期にもそれ以外の国、本大会との関連で言えばスペイン出身者が航海士や宣教師の中に見られ、日本との人物往来の先駆けとなった。早くも種子島の翌年にはガリシア出身の航海士ペロ・ディエスが日本（たぶん薩摩）の港に立ち寄り、マラッカで日本での見聞を伝えている。そしてザビエルはナバラ、彼に同行したコスメ・デ・トーレスはバレンシア、フアン・フェルナンデスはコルドバと、キリスト教布教を開始した三名のイエズス会士は、今でいうスペインの出身ということになる。ゆえにザビエル一行が一五五〇年に平戸を訪れたのが、スペイン世界と肥前の最初の接触といえる。ザビエルは五一年に日本を離れるが、トーレスはその後二〇年近く布教長を務め、この間の布教の様子をスペイン語で記録に残している。ちなみにザビエルとフェルナンデスは東廻り航路で来日したが、トーレスは太平洋探検の艦隊に同乗してフィリピン諸島まで来た。途中「乗り換え」はあったものの、スペインの西廻り航路で日本に来た最初の人ということになる。

日本布教開始から一〇年ほどたった一五六一年、トーレスが豊後（府内）から日本布教状況を伝えた書簡[2]では、日本はまだ一つの島（Isla de Japón）と形容されている。日本布教の重要地点として、府内・朽網・平戸・博多・鹿児島・山口・都・堺の八ヵ所が挙げられ、平戸が「日本の島の反対側、すなわち西 otra banda de la isla de Japón para el occidente」、博多は「平戸から内陸に二〇ないし二五レグア離れている que dista, por la tierra adentro, de Firando algunas veinte o veinte sinquo leguas」、山口が「島の北端にあり、ここ豊後からは五〇レグア隔たっている que está más nuerte, el qual distará deste Bungo 50 legoas」、都は「島の反対側、すなわち東方 hazia el oriente para la otra punta desta isla」などと説明されているが、まだ大村への言及はない。

日本布教の新展開、大村の登場

だがトーレスがこの書簡を書いた一五六一年前後、イエズス会日本布教は新たな展開を見せ、その流れの中でいよいよスペイン世界と大村の交流も始まる。まず文面に都、堺が登場するように、その二年前の一五五九年から畿内布教がザビエル以来一〇年ぶりに再開（事実上開始）された。また当時豊後に拠点を置いていたイエズス会は、交通の要所博多を経て、ポルトガル船が主に来航していた平戸に至る、九州北岸の海沿いルートで動いていたが、六一年に平戸でいわゆる「宮の前事件」（ポルトガル人商人と日本人商人の流血衝突事件）が起き、領主松浦氏との関係も悪化したため、別ルートが模索される。ひとつが豊後から陸路肥後に入り、菊池川河口の高瀬（熊本県玉名市）から有明海を渡って島原半島の有馬領に行くルート。もうひとつが、従来ルートを微修正して西海・西彼杵方面、すなわち大村領に行くルートである。ここから横瀬浦（西海市）開港、さらに領主の大村純忠自身がトーレスから洗礼を受けて初のキリシタン大名となり、大村がキリシタン王国に……という流れとなる。その後ポルトガル貿易港は口之津、福田を経て、トーレス晩年の一五七〇年に長崎港が選ばれ、彼の没後の七一年にはポルトガル船が入港する。その後長きにわたる海外貿易港としての歴史は説明を要しないが、その出発点には、一人のバレンシア人の尽力があった。結城了悟師のトーレス伝が『長崎を開いた人』と題するゆえんである。[3]

ヴァリニャーノと長崎譲渡、天正遣欧使節

一五七九年から八二年までイエズス会巡察師アレッサンドロ・ヴァリニャーノが日本巡察を行い、布教体制の大改革を行った。彼はイタリア人だが、出身地のナポリ王国がアラゴン王家領だった事情もあり、『日本諸事要録』[4]他の著書、書簡はスペイン語で書いている。先ほど取り上げたトーレス書簡から二〇年ほど、ザビエル来航からは三〇年が経過し、さすがに日本が列島であるという認識も定着したらしく、『要録』では日本を「六十六カ国に分かれ、多くの島からなる地 una provincia de diversas islas, repartida en sesenta y seis reinos」と説明している。[5]

また肥前地方と大村については、「下《シモ》には諸国中、肥前と称する国があり、これが十一か十二のクニ、すなわち支配地に分かれている。それらの中には―既述のように―大きいものも小さいものもあるが、その領主は、まさにわれらの公・侯・伯爵に該当する。彼らの一人はドン・バルトロメ大村殿と称し、公爵のごときもので、数多の城塞や、都市、村落を有している。当地には、約七万人が居住し、ことごとくキリスト教徒で、その全領中、一人の異教徒もいないし、偶像崇拝の痕跡もない。En el Ximo, entre otros, hay un reino que llaman Figen, que está esparcido en once o doce cuni o señoríos, de los cuales, —como arriba dijimos—, unos son mayores que otros, y los señores de ellos son propriamente como nuestros condes, marqueses y duques. Uno de estos señores es don Bartolomé Vomurandono, que es como un marqués, señor de fortalezas y lugares, donde habrá algnas sesenta mil almas que son todos cristianos, sin haber en todas sus tierras ningún gentil ni rastro de idolatría.」とのべている。[6]

ヴァリニャーノ滞在中の一五八〇年、大村純忠と息子喜前《よしあき》の名で長崎港・茂木ほかがイエズス会に譲渡されるが、その譲渡状の

スペイン語文が残っている。[7] この長崎港のイエズス会への譲渡（その後秀吉による没収を経て、江戸時代には幕府直轄領となって幕末に至る）については様々な議論があり、ここで立ち入った言及は避けるが、私見ながら、スペイン語で書かれた譲渡状は、中・近世スペイン世界の都市特許状との比較という点でも、興味深い素材であるように思われる。さて同じこの一五八〇年には、フェリペ二世がポルトガル王位を継承し、彼からフェリペ三世、四世に至るスペイン王が「フィリペ一世・二世・三世」として、一六四〇年までポルトガルに君臨する。それと前後してスペイン王権統治下にあったネーデルラントでは、かねてからの新教徒の反発を基礎に北部諸州がスペイン王権からの自立の動きを本格化させ（一五七九年ユトレヒト同盟、八一年フェリペの統治権を否定）、オランダ独立へとつながっていく。近世初期の日本と密接な関係をもったヨーロッパの国々が、この時期ちょうど入れ替わるような形でスペイン君主制 la Monarquía Hispánica のあり方と関わっていたというのは、この時期の日欧関係史全体を考える上でも示唆に富む。

　ヴァリニャーノが企画し、大村純忠ほか九州のキリシタン大名が関わった天正遣欧使節の一行は、東廻り航路をさかのぼる形でポルトガルに上陸する。ゆえにこの使節は日葡交流史上の偉業ととらえられ、大村市とシントラ市の交流にもつながるわけだが、使節一行は陸路スペインに入って各地を訪れ、一五八四年には、ポルトガル王としてイエズス会宣教の保護者であるフェリペ二世に謁見している。

豊臣秀吉とスペイン

　その一方で、スペインの西廻り航路もいよいよ日本に到達し、呂宋助左衛門に代表されるようなマニラ貿易が活発化。豊臣秀吉とマニラ総督との使節往来も行われ、一五八〇～九〇年代は近世初期日本・スペイン関係本格化の時代と言える。話はやや前後するが、一五八四年にスペイン人托鉢修道士が平戸に来着し、領主松浦氏の親書を預かってマニラに戻っており、二年後の八六年には大村のキリシタン十二名がマニラを訪れている。貿易商人として長崎に住み、のちに日本での見聞をもとに大著を残すベルナルディーノ・アビラ・ヒロンのような人物も現れた[8]。

　スペイン領で布教活動を行ってきたフランシスコ会などが日本で活動を開始し、一五八七年に伴天連追放令が出されていることもあって、秀吉を頂点とする日本の当局、先行して活動していたイエズス会の三者間に微妙な緊張関係が生じる。それは秀吉晩年の一五九七年、二十六殉教者事件に至るわけだが、当時長崎に住んでいたルイス・フロイスは、スペイン語で殉教記録を書き[9]、その年の九月に死去している。松田氏が翻訳に心血を注いだ大著『日本史』[10]をはじめ、ポルトガル語による日本記録の代名詞ともいうべきフロイスだが、その最後の文筆活動がスペイン語というのも、当時の時代相や、執筆にあたって彼が想定した読み手を想像させ興味深い。

徳川政権下の展開、関係の断絶へ

　十七世紀、すなわち徳川政権時代のスペインとの関係は、伊達政宗の使節支倉常長による慶長遣欧使節―コロンブス以来の西廻り航路をさかのぼってセビーリャに上陸―に象徴されるように、どちらかというと東海（駿府）・関東（江戸）・東北（仙台）がメインで、大村をふくめた九州は縁が薄いようなイメージがある。しかし、長崎港を拠点に朱印船貿易は盛んに行われるし（支倉にしてからが、マニラから長崎に上陸したのち仙台に帰朝している）、禁教の時代になると、マニラと日本を往来する船によって宣教師が潜入をはかる。最近映画化された[11]遠藤周作の小説『沈黙』に大村が登場するように、かつてのキリシタン王国も殉教の舞台となった。慶長遣欧使節の立役者たるルイス・ソテロ（一六二四年大村で火刑）や、『日本教会史』を書いたドミニコ会士ハシント・オルファネル（『教会史』を大村で執筆後一六二二年捕らえられ、長崎で処刑）などが挙げられる。

一六二四年にスペイン船来航が禁じられ、その後約二四〇年にわたって日本とスペインの関係は断たれるが、この間も、長崎に来航するオランダ船乗員から聴取したオランダ風説書を通じて、幕府はスペインをふくむヨーロッパ情勢をかなりの程度把握していたし、十八世紀半ばからはオランダ語からヨーロッパの地理書が翻訳され、スペインについても詳細な知識が得られた。ただ、この頃にはスペインはかつての大国・強国ではなくなり、近海に姿を現すイギリスやロシアに比べると、その動向への関心が低下していたのは否めない。

近代日本とスペイン世界、大村人との意外なかかわり

一八六八（明治元年）の「日西修好通商条約」によって日本とスペインの国交は回復するが、明治日本が富国強兵のお手本とした西洋列強の中にスペインは含まれなかった。明治以降長らく、欧米諸国の中でもスペインは実際の関係も薄く、関心も低い国に位置づけられたと言わざるをえない。

ただスペイン語についても、非ヨーロッパ地域の独立国が少ない時代に十数カ国の公用語であったという点をはじめ、その重要性について、明治期の政治家の間にも一定の認識があったようだ。一八九六年、日清戦争後の国威発揚の気運をうけて、外国語教育を専門とする高等教育機関を設立すべきとの建議が国会でなされ、東京外国語学校（現・東京外国語大学）の設立につながっていくが、その建議案の貴族院での審議中、スペイン語人材育成の重要性を説いたのが、幕末・維新期の大村藩の傑物、渡辺清[12]であった。彼いわく「英仏独語は相応に学ぶ人もあるようでありますが、西班牙抔《など》と云うものは極少い。然るに追々承る所に依れば、南米地方も条約談判するとか云うことでありまして、彼の地方は多くは西班牙語で、然れば是は今入用がないと云うて置くべきものではない、将来必ず入用が多かろうと思います[13]」。むろん大村の南蛮・キリシタン時代は封印されて久しかったが、長崎にも近く、異国船警護の任にもあたった大村藩で、海外事情に一定の知識や理解が共有されていたとしても不思議ではない。

この建議案は衆議院にも送られるが、偶然ながら当時の衆議院議長を務めていたのは、これも旧大村藩士の楠本正隆[14]であった[15]。

交流の歴史の再発見

明治以降、過去のヨーロッパ—本稿でいうスペイン世界—との交渉の歴史も再認識され、解明されていく（そこでの大村の役割も）。明治時代の村上直次郎氏の史料調査が先駆けとなり、その後現在まで多くの研究者がこの分野に取り組んできた。一九三三年には大村で、マドリードで鋳造されたと思われる「無原罪の聖母」のメダリオン（長崎県指定有形文化財）が出土している。

この分野の巨人の一人が本大会のテーマでもある松田毅一氏であり、氏が残した「松田毅一南蛮文庫」が大村に現在あるのも、これまでのべてきた歴史の結実といえる。

シンポジウムの意図

最後に、今回の三講師にご登壇いただいた意図のようなことについてのべたいと思う。お三方のうち、久田松氏はおもに文献、浅野氏は美術作品、大石氏は石造遺物という分野、言いかえれば素材から時代に接近してこられた。

一般に、こうした多様な素材・角度からの接近は、ある時代を生き生きととらえる上で大変有意義である。ことに「南蛮文化」「キリシタン時代」は、思想や経済、制度の次元にとどまらず、人々の衣食住や五感（音楽や味覚など）、誕生から死にまで関わる時代現象であった。長い時間経過に加え禁教などの経緯を経ているので、文字情報が欠ける部分は絵画資料や考古学調査を参照し、逆に現物が失われているものを文字情報（特に海外史料）で補うという、相互補完の作業が必要なテーマでもある。

加えて、この時代は文字情報によるコミュニケーションのみならず、画像や儀式などビジュアルな要素が、人々の統合や支配に大きな役割を占めていた。いや、歴史の流れはその逆であって、目に見えるわかりやすいものが力を発揮する時代が古代・中世と続いていたが、二〇一七年の「宗教改革五〇〇年」（カトリックの「対抗宗教改革」の一つの帰結が日本のキリシタン時代である）であらためて注目されたように、文字情報の持つ力が増していく、その過渡期にあたる時代であったというべきだろう。

また、大村に即したより実践的・戦略的な課題ともかかわる。「松田毅一南蛮文庫」はたしかに大村が得た貴重な宝であるが、この宝の難しいところはやはり文字情報（しかも数種類のヨーロッパ言語を含む）であることで、そのままでは、市民（利用者）とのかかわりは、資料の閲覧・調査という静的でパーソナルなものにとどまらざるを得ない。これを「動的でパブリックな」ものにするには、文字情報そのものを公開可能な素材に転化し、かつ他のビジュアルな素材と組み合わせていくことが必要になる。新体制がスタートする資料館[16]の今後の取り組みに期待したい。ともあれ、多様な切り口からの三講演は、聴衆にも関係者にも、重要なヒントを与えてくれたものと思う。

【追記】

一．本稿は大会当日の「イントロダクション　スペイン世界と大村」に相当する。ただ当日は時間の都合上、準備していた内容を大幅に短縮してお話ししたので、本稿はその補足という意味も込め、あらかじめ準備した内容に準じて執筆した。よって本稿は、当日お話しした内容の忠実な再現とはなっていないことをお断りしておく。

二　紙幅の都合上、注は文の引用を中心に最小限にとどめた。スペイン世界と日本・大村の関係史についての詳細は以下の文献を参照されたい。

ファン・ヒル、平山篤子訳『イダルゴとサムライ―十六・十七世紀のイスパニアと日本』法政大学出版局、二〇〇一年。

坂東省次・川成洋編『日本・スペイン交流史』れんが書房新社、二〇一〇年。

坂東省次、椎名浩『日本とスペイン　文化交流の歴史―南蛮・キリシタン時代から現代まで』原書房、二〇一五年。

大村市史編さん委員会編『新編大村市史』全五巻、大村市、二〇一三―二〇一七年。（本稿との関連では特に第二巻「中世編」二〇一四年、第三巻「近世編」二〇一五年）＊大村市ホームページ上より各巻のpdfファイルが閲覧可能。
https://www.city.omura.nagasaki.jp/shishi/kyoiku/omurashishi/index.html

注

（1）なお大村市は二〇一二年、カリフォルニア州サンカルロス市とも姉妹都市協定を締結している。周知のとおり、カリフォルニアはスペイン領（ヌエバ・エスパーニャ副王領）→メキシコ領を経て、米墨戦争（一八四八年）の結果アメリカ合衆国領という歴史をたどっている。そう考えると、本稿でいう広義の「スペイン世界」と大村との現代の交流も新たに始まっているといえる。

（2）松田毅一監訳『十六・十七世紀イエズス会日本報告集』第Ⅲ期第一巻、同朋舎、一九九七年、三三五―三四六頁（当該個所は東光博英訳）。【原文翻刻】Juan Ruiz de Medina S. J.(ed.), *Documentos del Japón 1558-1562*. Roma, 1995, pp. 445-461.

（3）パチェコ・ディエゴ、佐久間正訳『長崎を開いた人　コスメ・デ・トーレスの生涯』中央出版社、一九六九年。【改訂版】結城了悟著、サンパウロ、二〇〇七年。【スペイン語版】Diego Pacheco, *El hombre que forjó a Nagasaki. Vida del P. Cosme de Torres*, S.J. Madrid, 1973.

（4）Alejandro Valignano S. I., *Sumario de las cosas de Japón (1583). Adiciones del Sumario de Japón (1592).I.* (*ed. por José Luis Alvarez-Taladriz*). Tokyo, Sophia University, 1954.【邦訳】ヴァリニャーノ、松田毅一他訳『日本巡察記』平凡社（東洋文庫）、一九七三年。以下ヴァリニャーノの引用文は、両者を元に一部加筆修正（Shimo→Ximo、「地方」→「地」等）したものである。

（5）*Sumario*, p.3;『日本巡察記』、五頁。

（6）*Sumario*, p.33-34;『日本巡察記』、七四―七六頁。

（7）【スペイン語文翻刻】José Luis Alvarez-Taladriz, "Introducción", pp. 70-71,（*Sumario* I）【邦訳】（五野井隆史訳）『新編大村市史』第二巻、五一三―五一四頁。

（8）佐久間正・会田由訳『アビラ・ヒロン日本王国記　ルイス・

フロイス日欧文化比較』岩波書店（大航海時代叢書第Ⅰ期）、一九六五年。

（9）Luis Frois, *Relación del Martirio de Los 26 Cristianos Crucificados en Nangasaqui (ed. Romualdo Galdos S.J).* Roma, 1935.【邦訳】ルイス・フロイス、結城了悟訳『日本二十六聖人殉教記』聖母の騎士社、一九九七年。

（10）フロイス、松田毅一・川崎桃太訳『日本史』全十二巻、中央公論社、一九七七―八〇年。【文庫版】『完訳フロイス日本史』全十二巻、二〇〇〇年。

（11）『沈黙―サイレンス』（原題 *Silence*）アメリカ映画。マーティン・スコセッシ監督、二〇一六年十二月公開（日本公開二〇一七年一月）。出演：アンドリュー・ガーフィールド、リーアム・ニーソン、浅野忠信、窪塚洋介、イッセー尾形ほか。

（12）渡辺清（一八三五―一九〇四）戊辰戦争では東征軍監、奥州追討総督参謀を務める。明治政府では福岡県令、元老院議官、福島県知事等を歴任。一八八七年男爵に叙せられ、貴族院議員に選出。明治から昭和戦前期にかけて、女子教育・障害者福祉に尽力した石井筆子（一八六一―一九四四）は長女。

（13）『大日本帝国議会誌』、第三巻、大日本帝国議会誌刊行会、一九三〇年、九九三―九九四頁（引用文は適宜句読点・ルビを補い、漢字・仮名づかいを現代式に改めている）。また、浅香武和『スペイン語事始』同学社、二〇一三年、六〇―六一頁の引用も参照した。

（14）楠本正隆（一八三八―一九〇二）長崎府判事、新潟県令、東京府知事、元老院議官等を歴任。大村市内に残る旧居（一八七〇年築）は、「旧楠本正隆屋敷」として保存公開されている。

（15）『衆議院委員会議事録　第九回帝国議会』下巻、一一三八―一一四三頁。（国立国会図書館「近代デジタルライブラリー」http://kindai.ndl.go.jp/info.ndljp/pid/784067）

（16）一九七三年に大村市立史料館が開館し現在に至っているが、現在計画中の長崎県立・大村市立一体型図書館において、新たに「大村市歴史資料館（仮称）」が開館する予定である。

（しいな・ひろし　熊本学園大学非常勤講師）

「スペイン世界と大村」 関連年表

1543	ポルトガル船、種子島来航
1544	ガリシア出身の航海士ペロ・ディエス来日
1547	セルバンテス生まれる
1549	ザビエル、トーレス、フェルナンデス来日
1550	大村純忠、家督を継ぐ ザビエル、平戸に来る
1551	ザビエル離日　後任の布教長トーレス、山口に拠点を置く
1556	イエズス会、山口より豊後に移る フェリペ2世即位
1557	日本人ベルナルド、ポルトガルで没 ポルトガル、マカオに居住始める
1561	平戸港で日葡商人の衝突・殺傷事件（宮の前事件）発生　イエズス会、これ以降有馬氏・大村氏との関係深める
1562	横瀬浦開港
1563	トーレス、大村城下に入る　大村純忠、横瀬浦でトーレスにより受洗 ルイス・フロイス、横瀬浦に上陸
1565	大村領の福田にポルトガル船来航 ウルダネタ艦隊、アジアから北上して北米に帰還
1568	トーレス、福田で純忠の訪問を受け、間もなく大村城下に入る 大村城下に最初の教会落成 スペイン領ネーデルラントで新教徒の反乱起こる（オランダ独立戦争のはじまり）
1570	トーレス、長崎開港を決定 トーレス、天草志岐に後任の布教長F. カブラルを迎え、間もなく同地で没 レガスピ、フィリピン征服開始
1571	長崎に最初のポルトガル船来航 マニラ建設 セルバンテス、レパントの戦いに従軍し負傷
1572	純忠、西郷・後藤・松浦連合軍を三城《さんじょう》に迎え撃つ（三城七騎籠り）
1574	大村領内で強制改宗策はじまる
1577	画家エル・グレコ、スペインに住み始める
1579～82	ヴァリニャーノ日本巡察
1579	ヴァリニャーノ、大村訪問
1580	大村純忠、長崎・茂木と周辺の地をイエズス会に寄進（スペイン語文の譲渡状が現存） フェリペ2世、ポルトガル王位に就く（以後1640年まで、スペイン王がポルトガル王を兼ねる）

1582	天正遣欧使節、長崎を出発 本能寺の変
1583	ヴァリニャーノ『日本諸事要録』執筆（スペイン語） フロイス、『日本史』の執筆開始
1584	天正遣欧使節、ポルトガルから陸路スペインに入り、マドリードでフェリペ2世に謁見 スペイン系托鉢修道士を乗せたジャンク船平戸に漂着、松浦氏の親書を預かってマニラに辞す
1586	大村のキリシタン12名、マニラを訪れる
1587	大村純忠没 秀吉九州平定、伴天連追放令
1588	スペイン無敵艦隊、イングランド艦隊に敗れる
1590	天正遣欧使節帰国。翌年インド副王使節として聚楽第で秀吉に謁見、西洋楽器を演奏　都をはじめ日本各地で南蛮文化への関心高まる
1591	秀吉、マニラ総督に入貢要求の親書を送る
1592	フアン・コボらマニラ総督使節団来日
1593	イエズス会士セスペデス、朝鮮の日本陣地を訪れ、小西行長、大村喜前《よしあき》らに秘蹟を授ける 堺の商人納屋助左衛門、マニラ貿易で巨富を築く
1594	フロイス、マカオで『日本史』脱稿
1597	畿内で布教していたフランシスコ会士、日本人信者ら26名長崎西坂で処刑（日本二十六聖人） フロイス、26名の殉教記録をスペイン語で執筆、同年長崎で没
1598	豊臣秀吉、フェリペ2世没
1600	関ヶ原の戦い　オランダ船、イギリス船来航 教皇クレメンス8世、イエズス会以外の修道会に日本布教を認める勅書を発する 17世紀前半　朱印船貿易盛ん　マニラの日本町最大3,000名
1602	ドミニコ会士モラーレス、薩摩を拠点に布教開始、京泊に教会建設 オランダ連合東インド会社設立
1605	『ドン・キホーテ』前篇刊行
1606	大村喜前、棄教し反キリシタン策に転じる
1609	京泊にあったドミニコ会の教会、長崎の村山等安屋敷地に移設。同会、大村領にも布教を進める 前マニラ総督ビベロ、帰還の途中房総半島に漂着 平戸オランダ商館開設

1611	メキシコ副王使節ビスカイノ来日
1612	岡本大八事件　幕府、反キリシタン策を明確化　直轄領に禁教令
1613～20	慶長遣欧使節
1613～14	モリスコ（改宗ムスリム）、スペイン国外へ追放
1614	幕府、宣教師追放令
1615	大坂夏の陣 『ドン・キホーテ』後篇刊行
1616	セルバンテス没、徳川家康没
1617	アウグスチノ会士エルナンド・デ・サン・ホセとドミニコ会士アロンソ・ナバレテ、大村で公然と布教・秘蹟を行い、捕えられ鷹島で斬首
1620	ドミニコ会士オルファネル、潜伏先の大村で『日本教会史』を脱稿　矢上村で捕えられ長崎で処刑
1622	ザビエル列聖
1624	ソテロ、大村の放虎原《ほうこばる》で火刑 スペイン船来航禁止（近世初期の日西関係断絶）
1629	原マルティノ（波佐見出身）、マカオで没
1633	中浦ジュリアン、長崎で殉教
1636	オランダ、マラッカをポルトガルから奪取
1637～38	天草・島原の乱
1639	ポルトガル船来航禁止
1640	ポルトガル、スペインより再独立
1641	平戸オランダ商館が出島に移され、鎖国体制整う
1648	ウェストファリア条約　三十年戦争終結、オランダの独立正式に承認
1657	大村藩でキリシタン発覚事件「郡崩れ」起る
1700	スペイン・ハプスブルク朝断絶、ブルボン朝へ
1701～14	スペイン継承戦争
1709	イタリア人宣教師シドッチ来着、捕えられて江戸に送られ、新井白石の尋問を受ける
1808	ナポレオン軍、スペインに侵攻 フェートン号事件
1810～20年代	ラテンアメリカ諸国、大半が独立
1862	「日本二十六聖人」列聖
1868	明治維新　日西修好通商条約締結 イサベル2世亡命
1873	岩倉使節、訪問先のヴェネツィアで天正・慶長両遣欧使節の史実に接する スペイン第一共和政成立
1896	「外国語学校設立に関する建議案」、提出（貴族院での審議中渡辺清がスペイン語の重要性に言及、当時の衆議院議長は楠本正隆）
1897	東京外国語学校（現東京外国語大学）開校、スペイン語を含む7科開設
1898	米西戦争　スペイン、キューバ・プエルトリコ・グアム・フィリピンを手放す
1900	村上直次郎、日欧交渉史の調査でスペイン滞在
1931	スペイン第二共和政成立
1933	旧大村藩家老の墓所よりメダリオン「無原罪の聖母」出土
1936～39	スペイン内戦
1939	第二次世界大戦勃発
1941	太平洋戦争開始
1942	大村市制施行
1945	第二次世界大戦、太平洋戦争終結
1949	ザビエル来航400年　聖腕来日、各地で関連行事
1952	サンフランシスコ講和条約の発効にともない、大戦末期に断絶した日西国交回復
1954	松田毅一、大村訪問
1955	松田毅一『大村純忠伝』刊行
1962	日本二十六聖人記念館開館
1970	元スペイン公使須磨弥吉郎のスペイン美術コレクション、長崎県に寄贈
1973	大村市立史料館開館
1975	長崎空港、大村市沖の海上に開業 フランコ没
1982	天正遣欧使節出発400周年、各種行事
1990	天正遣欧使節帰国400周年、各種行事
1997	大村市とシントラ市（ポルトガル）、姉妹都市締結
2000	「松田毅一南蛮文庫」開設
2008	中浦ジュリアンを含む「ペトロ岐部と百八十七殉教者」列福長崎市で列福式
2012	大村市とサンカルロス市（アメリカ合衆国カリフォルニア州）、姉妹都市締結
2013～14	日本・スペイン交流年　両国で各種行事

●論文

『ドン・キホーテ』［後篇］に表れる［前篇］の講読に係る考察

片倉　充造

Ⅰ　序にかえて

〝後篇続篇、いい物《もん》なし〟（Nunca segundas partes fueron buenas）(1)という成句を見事に覆したセルバンテス『ドン・キホーテ』［後篇］の本髄については、el Quijote dentro del Quijote（「ドン・キホーテ」のなかの「ドン・キホーテ」）(2)というマルティン・デ・リケールの評言が表象的にして雄弁であると考えられる。

本稿では、文字通りセルバンテス『ドン・キホーテ』［後篇］のなかの［前篇］の読書状況を観察し、そうした主な講読者たちの［後篇］での物語世界における役割・機能について検討を加えたい。

（※テキスト：牛島信明『ドン・キホーテ』岩波書店 1999年。

・Texto: Miguel de Cervantes *Don Quijote de la Mancha* Real Academia Española Asociación de Academias de la Lengua Española Madrid 2004　を使用。

両書からの引用については、当該章・頁を〈　〉・アラビア数字で表記する。

Ⅱ　［後篇］のなかの主な［前篇］読者の動向

1　サンソン・カラスコ(3)

［後篇］〈読者への序文〉「ただ念のため、これだけは言い添えておきたい。つまり、あなたが手にしている『ドン・キホーテ』の後篇は、前篇と同じ職人が同じ布地を裁《た》ってつくったものだということです。」(p.6)（Y no le digas más, ni yo quiero decirte más a ti, sino advertirte que consideres que esta segunda parte de *Don Quijote* que te ofrezco es cortada del mismo artífice y del mismo paño que la primera.〈Prólogo al Lector〉546）で自らの［後篇］の正当性を主張する著者セルバンテスの意向を補説する、「バルトロメ・カラスコのとこの息子でサラマンカに勉強に行ってたの

が学士になって昨夜帰ってきたというので、おいらも祝いの挨拶に行ったんです。すると学士さんが、お前様の伝記が『機知に富んだ郷士ドン・キホーテ・デ・ラ・マンチャ』という題の本になって、とっくに出まわっていると教えてくれましてね。しかも、そこにはおいらもサンチョ・パンサという本名で登場するし、ドゥルシネーア・デル・トボーソ姫のことも、さらにお前様とおいらが二人だけで話し合ったことなどもみな載っているというもんだから」（〈2〉24）という確度の高いサンチョ発言を成立させる。作品世界有数の知識人サンソン・カラスコは、シデ・ハメテ・ベネンヘリ作によるドン・キホーテを「最も有名な騎士の一人」として、そして同じくサンチョを「物語第二の主人公」[4]として認定するに留まらず、［前篇］が「一万二千部のうえ印刷されている」（〈3〉26）（el día de hoy están impresos más de doce mil libros de la tal historia〈III〉567）とその社会的評価（発行部数）にまで言及する。［前篇］の名場面を尋ねるドン・キホーテの問いにも、「その点に関してはさまざまな意見があります。（略）ドン・キホーテ殿にはブリアレーオをはじめとする巨人たちにまみえたという風車との冒険が一番だという者もあれば、いや縮絨機《しゅくじゅうき》の冒険に限るという者もあります。（略）二つの軍勢の描写が断然すばらしいと、こちらの男が言うかと思えば」（〈3〉27）と多様な解答を用意している。

加えて［後篇］四章においてサンソンは、［前篇］遍歴旅の当事者であるドン・キホーテ主従と直接の問答を続け、ロバ盗難の主犯がヒネス・デ・パサモンテであったことや、遍歴途上の収入一〇〇エスクードが私用済みであった旨を従士サンチョに吐露させ、［前篇］の不備を的確に補足させることで［後篇］の講読意欲を刺激することに成功する。そして既読した［前篇］でのキャラクター（サンチョ）と眼前で会話を重ねつつ、「この男について読んだことはすべて本当だと信じるに至った」（〈7〉58）（creyó todo lo que de él había leído〈VII〉600）と実感する。こうした作品序盤における従士への関心の高さは、サンチョの［後篇］での後々の活躍を予測させるものとも言える。サンソンは、『ドン・キホーテ』［前篇］があらゆる世代・階層にも受け入れられていることを公言してはばからず、［後篇］出来《しゅったい》の可能性の高さまで口述するなど、「学士はドン・キホーテの物語の前篇をすでに読んではいた」（〈7〉57-58）（puesto que había leído la primera historia de su señor〈VII〉600）というナレーションを立証する相当な読書家であることが見て取れる。

> 物語はこのように続けている。学士サンソン・カラスコがドン・キホーテに、中断していた騎士道の実践を再開するように勧めたのは、あらかじめ、司祭や床屋と談合[5]して、ドン・キホーテがいまいましい冒険などに心を乱されることなく、家に落ち着いて静かな生活をおくるようにするためには、（略）その話し合いでは、カラスコの提案が異議なく受け入れられて、（略）そしていったん出発させておいてから、カラスコが遍歴の騎士に扮して彼の後を追いかけ、適当な口実をつくって戦いを挑んだうえ、彼を打ち負かしてしまうと

いう策が練られた。（略）騎士の学士が敗れたドン・キホーテに対し、故郷の家に帰るように、そして二年間は、あるいは新たに沙汰があるまでは、蟄居《ちっきょ》しているように命令する。（〈15〉113-114）

サンソン・カラスコは、［後篇］全体の結構に係わる主要人物であり、救済劇のプロデュース（制作）のみならず、〈森の騎士〉あるいは〈鏡の騎士〉にまで扮した実演者としてラ・マンチャの騎士との対決では、勝利者ドン・キホーテ当人の口から〈本物宣言〉を引き出した。再度〈銀月の騎士〉としてドン・キホーテの前に立ち現われては、シナリオ通り敵役として一騎打ちを実践し、治療・救済計画を進める。この作為性の強さは、「底意地が悪くて、人を愚弄したり洒落《しゃれ》のめしたりするのが大好きという性格」（〈3〉26）の反映でもあろう。一五章以降は敗戦の屈辱に対する復讐心を覗かせながらも、〈救済〉の大義は損なわれることなく、［後篇］物語も大筋では台本通りに運び、荒療治が遂行される。やがて帰郷した主人公騎士は蟄居後、急転直下〈理性〉を取り戻し、善人アロンソ・キハーノとしてカトリック教徒の人生を全うすることで［後篇］も大団円を迎えるに至る。

2 公爵夫妻

公爵夫妻は揃って［前篇］の熱心な読者であり、「ドン・キホーテの途方もない行動様式をよく承知していた」（〈30〉251）。主従との出会い（鷹狩り）の場においては、［前篇］で郷士・司祭・床屋が読書仲間として騎士道物語を共通のアイデンティティとしていたように、公爵夫妻・キホーテ・サンチョ間では、騎士の別名が［前篇］［後篇］の当事者たちを繋ぎ合わせているのがわかる。つまり、公爵夫妻と主従とが［前篇］での騎士の通称（**apelativo**）を基に共鳴し、相互理解が進められる[6]。

美しい奥方様、あそこに控えてる騎士は、〈ライオンの騎士〉という名前で、おいらの主人でごぜえます。（〈30〉250）

だって《愁い顔の騎士》といえば、このあたりでもすでに大変な評判ですのに、そんな偉大な騎士の従士ともあろう人が（同）

《愁い顔の騎士》殿、わたしの領内におけるあなたの最初の体験が（同 252）

公爵夫人は、「あなたの御主人というのは、いま出版されて世に出まわっている『機知に富んだ郷士ドン・キホーテ・デ・ラ・マンチャ』という物語の主人公で、ドゥルシネーア・デル・トボーソとかいう方を思い姫にしていらっしゃる騎士じゃありませんこと？」（同 251）（**este vuestro señor ¿no es uno de quien anda impresa una historia que se llama** ***Del ingenioso hidalgo don Quijote de la Mancha***,que tiene por señora de su alma a una tal Dulcinea del Tobo〈XXX〉780）と、［前篇］読者ならではの導入的な質問を従士サンチョへ浴びせ始める。また、〃めでたい記憶力に恵まれた方〃〈三二章〉ドン・キホーテに対しては、「つい先ごろ出版されて、ちまたの好評を博している、ドン・キホーテ様の伝記を信用して、そこから推しはかるとしますと、（略）あなた様は一度もドゥルシネーア姫にお会いになったことがないばかりか、そのような姫はこの世に存在せず、あれはあなた様が御自分の頭のなかで創り出して生みおとされ、思い通りの魅力的な美しさと完璧さをお与えになった、空想上の思い姫ということになりますけど？」（〈32〉271）と［前篇］の作品世界を熟知する読者特有のドゥルシネアに絡む精緻な質問を投げかける。公爵も［前篇］読者としての疑問「あの書物から推測すると、ドゥルシネーア姫がエル・トボソの町に、あるいはその周辺に存在し、（略）あなたがよく御承知の騎士道物語に頻繁に登場するああいった高貴な貴婦人方とは、とても肩を並べることはできないように思われるのですが。」（同272）とやはりドゥルシネア姫の家格を疑問視する。

いずれの質問に対しても主従は、それぞれの個性を際立たせる回答（ドン・キホーテ：ドゥルシネア・デル・トボソ姫への信愛、サンチョ・パンサ：従士としての自負）で応戦する。

改めて感心し興味を覚えた公爵夫人はサンチョを呼び寄せ、女衆の前で、「いま印刷されて世に出まわっている、偉大なドン・キホーテ様を描いた物語を読むことによって、わたしが抱いたいくつかの疑問を晴らしていただきたいと思いますわ。」（〈33〉278）（querría yo que el señor gobernador me absolviese ciertas dudas que tengo, nacidas de la historia que del gran don Quijote anda ya impresa.〈XXXIII〉806）と詰問（ドゥルシネア・デル・トボソ姫への訪問の謎、同姫と田舎娘との関連性、サンチョ・パンサの島の獲得等）を繰り広げる。従士の方は、「すでに書物に印刷されて世間を渡り歩いていると、サンソン・カラスコが教えてくれた、あのサンチョ・パンサじゃねえみたいだ。（略）なにしろおいらは名声を得ているわけだし、（略）おいらにその島の領主の地位をあてがってごらんなさいまし、人が驚くほどの手腕を発揮してごらんにいれますよ。」（〈33〉284）と主人騎士を敬愛をする従士の矜持とともに領主職への願望をものぞかせる。公爵夫妻の側にも、サンチョ本人にも、こうして領主就任への雰囲気が醸成されていく。

公爵夫妻と［前篇］との関わりは、招客であるドン・キホーテ主従への［前篇］世界にまつわる疑義呈示、主従からの実体験に基く解答を経て、やがて従者への領主職提供に進展すると要約できる。

3　ドン・ファンとドン・ヘロニモ

主従は、出先の旅籠で偶然隣室に同宿したドン・ファン、ドン・ヘロニモ両氏の壁越しでの会話を発端に、贋作の存在を知るところとなる。偽作物語へドン・キホーテが下した反論は、先ず無垢なドゥルシネア姫（＝騎士の精神的支柱）の不在という本質的な矛盾や記述上の瑕疵（*1*　序文中の文言　*2*　アラゴン訛り＝冠詞脱落　*3*　真実からの逸脱：サンチョの配偶者名の誤記）などが手際よく整理される。従者も自らが、偽作で描かれるような大食漢や酔っ払いではないと強調する。アベリャネダ作『ドン・キホーテ』［続編］出版の時期（一六一四年秋頃）がまさに

原作者セルバンテスが［後篇］五九章を執筆中であったことは識者の一致するところである。(7)

贋作の講読を勧めるドン・フアン、それに応じるドン・ヘロニモ。両氏それぞれが、ドン・キホーテ主従を意識した言動を展開する様が概観できる。時としてフアンなのか？ヘロニモなのか？いずれの発言かよくわからない不明な箇所が見受けられることは、両者の区分よりも、両者合わせての役割に注目してよいのかも知れない。この出会いによって引き出される主従の反応は、「この本に出てくるサンチョとドン・キホーテは、あのシデ・ハメーテ・ベネンヘーリが書きなさった物語の中で活躍してる本物のわしらとは別物ですからね。つまり本物のわしらってのは、勇敢で、思慮分別に富んでいて、恋に悩むわしの御主人と、単純だが気の利いたことを言う、大食らいでも飲んだくれでもねえわしのことなんです。」〈59〉490）という贋作拒否であり、ドン・キホーテによる目的地変更（「拙者はサラゴサには一歩たりとも足を踏み入れぬことにいたそう。」（同 492）（no pondré los pies en Zaragoza 1003）というその実力行使である。加えて、「そして、あの主従こそ正真正銘のドン・キホーテとサンチョであり、アラゴン人の作者の書いたのは偽物であることを、心の底から納得し、信じたのである」(8)（同）（verdaderamente creyeron que éstos eran los verdaderos don Quijote y Sancho, y no los que describía su autor aragonés.〈LIX〉1004）とする語り手による本物認定が追記され、贋作と本物（［前篇］）との異同が対照的に集約される。

4　ドン・アントニオ・モレノ

親友の〝義賊〟ロケ・ギナールの要請により、ドン・キホーテ主従を自邸に受け入れることになった貴紳ドン・アントニオ・モレノは、まさに「聡明にして裕福な紳士で、罪のない愉快ないたずらに興じることの大好きな男」(9)（〈62〉514）（caballero rico y discreto y amigo de holgarse a lo honesto y afable1021）と形容される。「勇敢なるドン・キホーテ・デ・ラ・マンチャ殿！近ごろ出まわっている偽の物語がわれわれに示している、虚構にしていかさまの、えたいの知れぬドン・キホーテではなく、作家のなかの華たるシデ・ハメーテ・ベネンヘーリが描いた正真正銘にして正統なるドン・キホーテ殿！」（〈61〉512）と、現前するドン・キホーテを本物と認証し、「この者たちはわしらのことをよく知っておる。（略）わしらの物語を読んでおり、さらに、最近出版されたアラゴン人の手になるものも読んでいるぞ。」（同）（Éstos bien nos han conocido: yo apostaré que han leído nuestra historia, y aun la de aragonés recién impresa.〈LXI〉1020）との主人公騎士の知的な発言のとおり、両篇（セルバンテスの［前篇］とアベリャネーダの［続篇］）の読書経験を有すると確定される存在である。さらにまた、ドン・アントニオ・モレノが手配し差し向けた使用人たちを案内人とするバルセロナ市街散策の途上、ドン・キホーテ主従は、印刷所にも立ち寄ることになり、印刷・校正・再校刷りなど一連の出版工程を見学する機会を持つ。しかしながらアベリャネダ作『ドン・キホーテ続篇』の校正作業を前にして、「それはあまりにもぶしつけな本であるがゆえに、とっくに焼かれて灰になっているものと思っておりましたぞ。」〈〈62〉529〉と、［前篇］六章の書物詮議（escrutinio）の火刑を連想させる、真作の本物キホーテによる別作への徹底的反撃が表明されている。

Ⅲ　結びにかえて

『ドン・キホーテ』［前篇］では、主人公騎士の〈狂気〉に対する姪アントニア、家政婦の心配を受け、司祭（ペロ・ペレス）と床屋（ニコラス親方）が中心となり、郷士アロンソの狂態からの救出を実践し、ラ・マンチャの自邸へと帰還させた。［後篇］では、学士サンソン・カラスコがその司祭や床屋と合議して、やはり主人公騎士の治療〈救済〉を実行した。いずれも騎士道〈物語〉コードを遵守した〈救済〉という意味においてその役割は基本的には同様である。［後篇］は、意図的に主従を遍歴旅に向かわせたうえでの救出劇であり、学士の思惑は一貫している。〈救済〉に努め続けた司祭が［前篇］での隠れた主役[10]とするなら、カラスコ学士は、［後篇］のやはり準主役とも言えるだろう。

サンソン・カラスコ他が合意した物語全体の主筋（ドン・キホーテ主従を遍歴旅に出立させ、騎士道〈物語〉のコード下、納得づくで蟄居させ、健康回復に向かわせる）とは別に、公爵夫妻は、［前篇］の不備・不詳を主従に質問し、その手応えを確かめながら、愚弄に根ざした余興を推し進める。いくら公爵夫妻から物質的厚遇を受けようとも、それが愚弄目的である限り、「人を愚弄する者たちも愚弄される者たちと同じく狂気にとらわれていると思う、現に、公爵夫妻は一対《いっつい》のばか者をからかい、もてあそぶのにあれほどまでの熱意を示しているのであってみれば、彼ら自身、ばか者ＴＯ思われるところからほんの指幅二つと離れてはいない」〈〈70〉579〉とシデ・ハメテが抗議[11]する。これは、公爵との対話で「他人から侮辱されえない者は、誰をも侮辱することなどできない」〈〈32〉266〉とするドン・キホーテの言い分に符合するものであり、「とにかくわしは、誰であれ他人の名誉を傷つけることを最も忌み嫌う」（「前編」〈17〉p.141）（porque soy enemigo de que se quite la honra a nadie.〈XVII〉146）にも通底するものである。

［後篇］五九章以降は、アベリャネダ作『ドン・キホーテ』［続編］出来《しゅったい》に心痛した、［前篇］の正統な原作者セルバンテスの強い反発が、主従とドン・フアン、ドン・ヘロニモそしてドン・アントニオ・モレノとの接触のうちに克明に描出され、ドン・キホーテ・サンチョ・パンサ・シデ・ハメテ・ベネンヘリの〈本物宣言〉〈正統性〉が幾度となく強調される。こうした五九章以降の揺るぎない主張は、二人の主役キホーテ・サンチョ、原作者シデ・ハメテそして［後篇］の構成者（プロデューサー／ディレクター）カラスコ学士を介して繰り返されるが、それは紛れもなくミゲル・デ・セルバンテスの心の叫びであることに他ならない。

註

（1）［前篇］四章の警句についてこれまでの翻訳書では、永田寛定訳「続編によきものなし」『ドン・キホーテ続編一』岩波文庫（一九五三）九八頁、会田由訳「続篇によきものなし」『ドン・キホーテ後篇Ⅰ』ちくま文庫（一九八七）七〇頁、荻内勝之訳「後篇続篇に碌なものなし」『ドン・キホーテ後篇上』新潮社（二〇〇五）五八頁、岡村一訳「続篇がよかったためしがない」『ドン・キホーテ後篇』水声社（二〇一七）五二頁等訳出されている。山崎信三「『ドン・キホーテ』のことわざ選集」樋口・本田・坂東他『ドン・キホーテ事典』行路社（二〇〇五）所収では、「後編によきものなし」一五九頁と記されている。他方、齋藤文子「『ドン・キホーテ』のなかの読者―騎士道物語及び前編を読んでいるのはだれか―」『イスパニカ』第四六号　日本イスパニヤ学会（二〇〇二）では、『ドン・キホーテ』［前篇］での騎士道物語の読者、［後篇］での［前篇］読者の動向を丁寧に検証している。

（2）Martín de Riquer *Nueva Aproximación al Quijote* Editorial Teide Barcelona 1989 pp. 112-113 参照。

（3）サンソン（Sansón）は、『旧約聖書』に登場する怪力で有名な勇士（サムソン）に由来する名前であり、樋口・本田・坂東他『ドン・キホーテ事典』行路社（二〇〇五）の加藤隆浩によれば、カラスコ（Carrasco）は、狂気の暗示にまつわる樫木／椚の木（carrasca）に派生すると解され、「サンソン・カラスコはドン・キホーテを激励し冒険に向かわせた張本人」（一七四頁）と紹介されている。

（4）こうした出版状況については、識者による複数の資料によれば、マドリード三版、リスボン二版、バレンシア二版、ブリュッセル二版、ミラノでの実績が挙げられている他、バルセロナでは、［前・後篇］組みで一六一七年に発行されている事実が挙げられている。カラスコ学士の言うアントワープ（Amberes）とあるのは、ブリュッセル（Bruselas）との混同であるとも指摘される。底本 Texto（Real AcadfemiaEspalola,Madrid, 2004）はじめ、Miguel de Cervantes *Don Quijote de la Mancha* Edición y notas de Martín de Riquer Editorial Juventud, Barcelona 1998;Miguel de Cervantes *Don Quijote de la Mancha II Edición, Introducción, Notas, Comentarios y Apéndice* por Ángel Basanta Rditorial Anaya Madrid 1987 等参照。また、ジャン・カナヴァジオ『セルバンテス』（円子千代訳法政大学出版局二〇〇〇年）では、「一つの事実は確かである。サンソンが誇張的言辞を弄していたころに、「ドン・キホーテ」は本当に、イベリア半島を席巻していた」（三〇一頁）と記されている。

（5）Dice,pues, la historia que cunado el bachiller Sansón Carrasco aconsejó a don Quijote que volviese a proseguir sus dejadas caballerías, fue por haber entrado primero en bureo con el cura y el barbero sobre qué medio se podría tomar para reducir a don Quijote a que se estuviese en su casa quieto y sosegado〈XV〉657）この底本では、bureo の語彙に、en trapicheo, en conciliábulo の補注があることから、談合　という訳語が宛てられたと見られる。ちなみに岩根圀和訳では、「学士サンソン・カラスコが（略）相談を持ちかけていた」（一一二頁）、岡村一訳では、「それはあらかじめ司祭や床屋と相談したうえでの作

戦だった。」（一五〇頁）と訳出されている。

（6）公爵家聖職者は、苦々しい思いでこうしたドン・キホーテ主従の受け入れに異議を唱えた常識人であり、両主人公に即刻帰郷し元の日常生活に戻るよう、厳しい批判を加えるが、「先ほどから巨人だの悪党だの魔法だのが頻繁に出るのを聞いて、この人物こそドン・キホーテ・デ・ラ・マンチャに違いないと気づいた。つまり、公爵がいつもその伝記を読んでいるのを、自分が見とがめて、そういうばかげたものを読むのは愚かなことだと、何度もいさめたことのある、あの物語の主人公に違いないと悟ったのである。」〈31〉262）との記述通り、公爵が［前篇］読者であることを傍証する役割も担っている。

（7）他方、セルバンテスが［後篇］執筆に着手した時期について、ダニエル・アイゼンバーグは、［前篇］（第一版）での不備の指摘、その改訂版の発行から、一六〇五年一月～五月の期間であったと推定している。Daniel Eisenberg *Cervantes y Don Quijote* Montesinos Editor Barcelona 1993 参照。

（8）P. E. ラッセル『セルバンテス』（田嶋伸悟訳）教文館、一九九六、一二〇頁では、「いわば「現し身」の正真正銘の騎士と従士を目の前にしてくだんの二人の旅人は自分たちの読んでいたものが嘘八百の代物であったことを認めます。」と評されている。

（9）ハイメ・フェルナンデス『ドン・キホーテへの招待―夢、挫折そして微笑―』（柴田純子訳、西和書林、一九八五）二七五頁では、「ドン・キホーテをバルセロナでもてなし、かつ冗談の種にする裕福な紳士」と紹介されている。また岩根圀和『贋作ドン・キホーテ―ラ・マンチャの男の偽者騒動記―』（中公新書、一九九七年）では、「ドン・キホーテを不粋なただの狂人にしてしまったところにとうてい真作を越えることのできない贋作の限界がある。」（一一四頁）と評釈されている。

（10）片倉充造「基本語彙集　人名　司祭ペロ・ペレス」樋口・本田・坂東他編『ドン・キホーテ事典』行路社（二〇〇五）一七六～一七七参照。

（11）このシデ・ハメテ・ベネンヘリは、［前篇］のみならず［後篇］においても原作者・語り手として、ほぼ随所に登場し、可能な限り作品のリアリズムを維持する役割を担い、読者の信頼を獲得する。その行動様式については、小論「「モンテシーノス洞窟の冒険挿話」に係る考察」坂東・山崎・片倉編『ドン・キホーテの世界』論創社（二〇一五）でも一定程度整理している。

（かたくら・じゅうぞう　天理大学外国語学科スペイン語・ブラジルポルトガル語専攻教授／スペイン・ラテンアメリカ文学）

●論文

「セルバンテスの二年間」が終わって

――ドン・ファンとの再会へ

山田眞史

Ⅰ 「セルバンテスの二年間」に幕が下りて

二年つづいたミゲル・デ・セルバンテスを記念する年（doble centenario cervantino）が終わった。二〇一五年は『ドン・キホーテ　後篇』の、もしくは『ドン・キホーテ　完結篇』の出版から、そして昨二〇一六年はセルバンテスの死から、それぞれ四百周年にあたる記念すべき年だった。この間、王立言語アカデミア（RAE）やセルバンテス研究所（Instituto Cervantes）などによってさまざまな行事が催され、またセルバンテスや『ドン・キホーテ』へのオマージュをこめた数多くの書物も出版された。

そしてことし二〇一七年一月二十九日に、王宮において国王フェリーペ六世の主催で、この記念の年を閉じる式典が開かれた。

会場に一堂に会したのは、王立言語アカデミアのダリーオ・ビリャヌエバ会長をはじめとする学者や、アンドレス・トラピエーリョ氏らの文学者、画家のアントニオ・ロペス氏、音楽界からはプラシド・ドミンゴ氏、さらには女優のコンチャ・ベラスコ氏ら錚々たる顔ぶれ。（翌日付の『エル・パイス』紙など各紙、既報の通り。）

これでこの二年間のセルバンテスと『ドン・キホーテ』にまつわるすべての行事は公的に終了したことになる。

この二年間を振り返って、スペインの文化界や文学界そして学界において一様に聞かれるのは、「量多く、質低し」（mucha cantidad, menos calidad.）という声だ。確かに数々の記念行事が催されもしたし、またおびただしい数の、セルバンテスや書物『ドン・キホーテ』、さらには神話的人物としてのドン・キホーテその人をテーマとする出版物が世に送り出された。テレビの特集番組にしても枚挙にいとまがない。私の見た中では、La Sexta局の「セルバンテスを探して」（Buscando a Cervantes）が傑出していた。（You Tube でご覧になれる。）

セルバンテス学者たちの間で、数少ない収穫として挙げられているのは、フランシスコ・リコ編『ラ・マンチャのドン・キホーテ』（王立言語アカデミア版、二〇一五年）、そしていずれもセルバンテスの伝記であるホルヘ・ガルシア・ロペス『セルバンテス、タペストリーに織られた姿』（二〇一五年）、ジョルデイ・グラシア『ミゲル・デ・セルバンテス、アイロニーの獲得』（二〇一六年）、さらにセルバンテス原作の『ドン・キホーテ・デ・ラ・マンチャ』を現代のスペイン語に訳したアンドレス・トラピェーリョの『翻訳書』（二〇一五年）である。トラピェーリョの現代語訳についてはマリオ・バルガス・リョサが「トラピェーリョの版においてセルバンテスの作品は若返った」と讃辞を寄せている。

他に、この記念の年の間にではないが、これに先がけて二〇〇七年に出版された恩師アルベルト・ブレクア先生の校注版『ラ・マンチャのドン・キホーテ』も近年の収穫の一つとして挙げおきたい。というのは、このセルバンテスを記念する二年間に先生の労作はしばしば重要な文献として取り上げられつづけたからである。たとえば先に引いた二点のセルバンテスの伝記に付された文献目録の中でも絶賛され、セルバンテスと『ドン・キホーテ』研究には必須の書と強調されてもいる。リコ先生版の『ラ・マンチャのドン・キホーテ』は数十人のエキスパートからなるプロジェクト・チームの努力の結晶であるのだが、一方、ブレクア先生版の『ドン・キホーテ』はまったく先生お一人の力による丹精をこめた果実であることを考えるとき、これはとてつもない努力を必要としたたいへんな労作といえるだろう。

ちなみに、先に挙げたセルバンテスの伝記二点を上梓した二人は、それぞれジローナ大学、バルセロナ大学の教授で、どちらもブレクア先生の弟子である。二〇一六年夏、バルセロナ自治大学の先生の研究室で、八十歳近くになる老師をくたびれさせるほど、ドン・キホーテやドン・フアンについて長時間、微に入り細にわたりお話をした折りのことだが、先生はそっと、というお気持ちでだったのだろうけれど、もちまえの大声で、「私はホルヘの本の方がジョルデイのものよりすぐれている、上だと思う」とおっしゃっていたのが印象に残っている。私はこのときは黙ってご高説をうかがっていたが、これはきっと評価の分かれるところだと思う。

この四百年忌の二〇一六年の夏に、空港や鉄道のキオスク的な本屋でいちばん眼を引いたセルバンテスにまつわる本は、どこでも山積みにされていた『セルバンテスの若き日』（二〇一六年）だった。対照的にインテリ層を得意先とする街の静かな書店ではほとんど見かけなかった。マドリード大学の先生の手になるこの本は、学術書、学問的な書物というより絵や写真や図表を並べた、いわば「セルバンテス図鑑」のような本で、巻末に付された文献目録は、何かの思惑からなのか、まるでわざとのように重要な書物がごっそりと抜け落ちた貧しい一覧表になっている。

いくつもの世界各地で催された記念行事についてもふれておくべきなのかもしれない。一つだけにふれる。私の見れなかった展覧会のことだ。マドリードの国立図書館（ＢＮＥ）で「ミゲル・デ・セルバンテス：神話への生涯」と銘打った展覧会は三月に始まった。セルバンテスの偽の肖像画やセルバンテスの手になるものとされる手紙などが並べられると聞いていた。

　私は他ならぬセルバンテスを記念する年だからこの展覧会は春から秋くらいまではてっきり開催されつづけるものと思いこんでいて、バルセロナで恩師や友人たちと文学や政治などについて話しこみつづけ、六月にはプラド美術館で始まっているはずのエル・ボスコ（ボッシュ）没後五百周年記念展を見がてら、セルバンテス展に足を運ぶつもりでいた。ところが、この回顧展は三か月たらずで幕を閉じていて、私が国立図書館に行ったときには、セルバンテスの姿はあとかたもなく消えていた。ノーベル賞作家カミーロ・セーラの生誕百年を記念する展覧会に変わっていた。代表作『蜂の巣箱』など、この小説家の作品は数点読んではいたが、ノーベル賞受賞後によりいっそう顕著となった公の場でのこの人の傲慢な言動などもあって、私にはあまり好きになれなかった作家だったけれど、とにかく、彼が旅行に使った古びたリュックサックなどを見ながら会場を一巡してみた。

　セーラも、すべてのスペインの文学者同様、セルバンテスと無縁の人ではない。スペインの公共放送ＲＴＶＥが制作したシリーズ・ドラマ『ドン・キホーテ』の脚本を手がけている。これは、見れば分かる通りで、あくまでもセーラの『ドン・キホーテ』であって、アソリンやホルヘ・ルイス・ボルヘスの『ドン・キホーテ』とは似ても似つかないという印象を人はもつだろう。

　せっかくのセルバンテスの展示会を見そこなったのは、開催の日程をちゃんと調べておかなかったこちらの落ち度にちがいないことだけれど、またとないセルバンテスを記念する年に、夏休み中の子供たちのため向けにも、もう少し長く門を開いておくべきだったとも思い、また、スペインも二十一世紀に入ってからずいぶん忙しく慌ただしくなってしまったな、とも思った。歴史の長い国で、さまざまな文化的、文学的記念祭がカレンダーの上を占めるために、次々と記念行事を催していく、あるいはこなしていかなくてはいけないという事情もあるのだろう。まさしくボルヘスの書いた通り、スペインはあまたの記念祭のあふれる国である。

「あのブドウの実はすっぱい」の故事ではないが、くだんの展示会を見た友人の研究者によると「あまり感動もない見世物だった」ということになるので、それならば、気にとめるほどのことでもないと思ってはいる。「セルバンテスとドン・キホーテは『ドン・キホーテ』の本の中にしかいない」というのが、この友人の研究者も含めて、リコ先生やブレクア先生も口にされるセルバンテス学者たちの不動の合いことばということになるのだろう。つまり、『ドン・キホーテ』全篇を自分自身で何度もあくまでも原典でお読みなさい、ということである。これは私たち日本のスペイン文学者にも向けられた貴重なご助言だと思う。

　とにかくも、こうして「量多く、質低し」と回顧される「セルバンテスの二年間」は幕を下した。

Ⅱ　ドン・ファンとの再会へ

セルバンテスと彼の創造した神話的人物ドン・キホーテだけが脚光を浴び、話題を独占した、この二年間、不遇をかこった人物がいる。

スペイン文学が世界に贈ったもう一人の神話的人物ドン・ファンだ。敬意をこめてフルネームでお呼びしよう。ドン・ファン・テノーリオ！彼は、この二年間、スペインで不在だった。まるで追放されたかのように。

しかしドン・ファンの身にこのような不幸がふりかかるのは、今回がはじめてのことではない。およそ百年前、一九二一年六月に、『エル・ソル』紙のコラムで、世界的哲学者のホセ・オルテガ・イ・ガセットは、スペインにおけるドン・ファンの不在と不遇をこう嘆いた。

「ドン・ファンの人間像は、私たちの民族が創造した世界への最大級の贈り物である。しかしながら、このところ、スペイン人は、この人物をかえりみようとしない。（……）この間、自分の生まれた国を不在にして、いつも放浪好きのドン・ファンは、パリやロンドンやベルリンに移民として暮らしている。待遇のされ方は手厚いときもあれば無礼なときもあるが、彼はフランス語で、英語で、ドイツ語で冒涜のことばを並べつづけ、女たちを誘惑しつづけている」。

そしてオルテガは読者に向かって、この人騒がせな人物を帰国させて、ひとつここは温かく迎え、彼に今一度、注目しようではありませんか、と呼びかける。

それから九か月後の一九二二年三月に、オルテガの投じた一石に応えるように、アソリンは小説『ドン・ファン』を出版する。これは、この「一八九八年の世代」の作家の代表作の一つでもあり、スペイン文学の古典とも見なされている。

アソリンは、マリオ・バルガス・リョサが自分の文学上の師の一人と常々評価する偉大な小説家で、『ドン・キホーテ　前篇』出版の三百年祭の一九〇五年には、今さっき名のでたオルテガ・イ・ガセットの父である『インパルシアル』紙・社主のオルテガ・ムニーリャの依頼で、『前篇』の舞台となったラ・マンチャを旅して、紀行文学の名作とされる『ドン・キホーテの道』を書き上げた。

ドン・キホーテにもドン・ファンにも、その秀れた文章によって心からのオマージュを捧げたアソリンは真に、スペインの古典文学を愛した人と言えるだろう。ガルシラソ、ゴンゴラ、ベッケル、そしてセルバンテス……彼の仰ぎ見る文学者たちだ。

さて、過ぎた二年の間、忘れられ、冷遇をされつづけてきた、誇り高いアンダルシアの貴族ドン・ファン・テノーリオに、今、このとき、ここで私たちは再びお近づきになろうと思う。

ここで、ドン・ファンの方に振り返りたい。忘れられていたドン・ファンに再会したい。常に注目を集めたがり、何やこれやと世間から取沙汰されるのが大好きな、その場その場での主人公でありたがる演劇的人物ドン・ファンには、さぞやさみしくもあり苦々しい二年間だったろう。

そんなドン・ファンに、これまでドンファンニスタ（donjuanista ドン・ファン研究家）たちばかりでなく、多くの人々が、さまざまなことばを捧げてきた。

それらを集めて眺めてみると、さながらドン・ファンに捧げられたことばの花束のように見えもする。その花束はぜんたいとして見れば、薔薇のそれだろう。ドン・ファンに最も似合うのは真紅の薔薇の花束だろう。そのドン・ファンへの花束には、香り高く美しい讃辞もあれば、それにまじって鋭い棘をもつ批判や風刺の寸評もあるように見える。いかにも薔薇の花束にふさわしく。

Ⅲ ドン・ファンに捧げられたことばの花束(1)

ホルヘ・ルイス・ボルヘス

「ドン・ファンという人は、放蕩者のカトリック信徒で、てあたり次第に女たちを誘惑し、自分でちゃんと神聖なものであるとわきまえている法を、大胆にも踏みにじる人物である」

ブランカ・デ・ロス・リーオス

「ドン・ファン、人間心理を洞察する巨人、（……）エロティシズムと傲慢さと大胆さの、とどまることを知らぬハリケーン、そしてこの人物は民衆の耳をろうするような轟くばかりの拍手喝采を巻き起こす」

「ドン・ファンはまぎれもなく信者だった。神を忘れがちなカトリック信徒で、享楽の杯を飲み干すまでは回心を先のばしにしつづけるのだ」

メネンデス・ペラーヨ

「ドン・ファンは邪悪と反逆の存在であり、神の罰が下ることを示すために創造された」

サルバドール・デ・マダリアーガ

「ドン・ファンは寛大な人だ。女たちとのひとときを楽しむが、彼女たちのもとにとどまらない。彼女たちを、わがものとして所有するが、彼女たちを自分の所有物であるとは見なしてはいないわけだ」

オスバルド・オリーコ

「ドン・ファンは情熱家ではない、本能の人なのだ。感傷家ではなく、背徳者なのだ」

ラミロ・デ・マエットゥ

「ドン・ファンは愛を信じていない。なぜなら女たちは自分と同じほどにエゴイストだと思っているからだ」

「ドン・ファンは自由の——というよりはむしろ放縦の——至高なる肉化である」

マヌエルとアントニオのマチャード兄弟

「ドン・ファンは醜男でも美男でもありうる、強靭でも脆弱でもありうる。(……)いずれにしても彼は自分が女にとって美しい存在だと知ってはいる。(……)女たちに取り囲まれた男なのだ。女たちが愛し、彼を得ようとあい争う男こそドン・ファンであり、男たちとしてはいつもこのドン・ファンを羨望の思いの入りまじった一種の軽蔑の念で、あるいは軽蔑の思いの入りまじった一種の羨望の念で、見つめることになるのだ」

アメリコ・カストロ

「ドン・ファンはエロティシズムの突風である」

アルカディオ・バケーロ

「ドン・ファンは魅せられた女たちを誘惑し、だまし、所有することだけで頭がいっぱいのスペインの騎士」

ハシント・グラウ

「ドン・ファンは魅せられた」

ラモン・J・センデール

「私がドン・ファンが好きかどうか尋ねてみた女性のうち誰一人として彼を好きですと答えた人はいない。若い娘、主婦、未亡人、純真無垢な女性、退廃的な女性、それが誰であろうと、この点では皆が一致する」

オルテガ・イ・ガセット

「ドン・ファン、われらの悪名高き同胞」

「ドン・ファンはモラルに対して立ち向かう、なぜならモラルの側こそが人の生のありように対して、前もって背いたからである」

「ドン・ファンとは、自分の方から女たちに愛を仕掛けていく男ではなく、女たちの方が愛を仕掛けてくる男なのだ」

「ほとんど例外なしに男は三つのタイプに分類できる。つまり、自分がドン・ファンだと思っている男たち、自分がかつてはそうであったと思っている男たち、そしてその気になればドン・ファンになれたけれど、それを望みはしなかったのだ、と思っている男たち」

エレーナ・ソリアーノ

「ドン・ファンには、自分自身と、自分を楽しませる女たちと、自身の強烈な意志の世界しかない。その他には、彼には何ものも存在しない。キリスト教的な意味での救済は、彼にはない。なぜなら愛徳というか、すなわち隣人愛や神への愛は、彼の魂の外にあるからだ。あらかじめ地獄での永遠の責め苦を受けるように運命づけられて生まれてきている。美しくて勝ち誇る雄鶏としての、この地上での生しか彼は持つことができないのだ」

ドン・ファンに捧げられたことばの花束は、まだまだ列をなしてつづくけれど、ここでいったんは打ち切ろう。さらなる花束は次の機会としよう。もう花束は、ドン・ファンには腕の中には抱えきれないほどになっているだろう。十二本、一ダースを越えることばの花々、すでに一まとまりの花束をゆうに一つは作れる数には達しているはずだ。ドン・ファンは、これを窓から投げすてるか、それとも従者のカタリノーンかチゥティに、目ざわりなものもまじっているが、花瓶に生けておけ、とでも命じるのか。

ただ、ドン・ファンは、ヨーロッパ文化、文学における他の三人の神話的人物であるドン・キホーテやハムレットやファウスト博士とちがって、本をまったく読まない人だから、これら自分に捧げられたことばには一瞥もくれないかもしれないけれど。

しかし、これだけたびたび自分の名を口にされ、ここまでくり返されたら、こんなふうにして話題の中心の座を占めたなら、二年間、無視され冷遇されつづけた気位の高いドン・ファンにしてもいくらか機嫌を直してくれるだろう。彼は常に、自分が人にどう思われているか、どう見られているか、自分が何と言われているか、世間の評判をひどく気にする男なのだから。しかも、彼にことばの花束を捧げたのは、いずれもスペインとラテン・アメリカの超一流の知識人、哲学者、文学者、心理学者たちばかりなのだから。

（続く）

付記

本稿は『ドン・ファン考』（仮題）というまだ存在していない書物の一章「ドン・ファンに捧げられたことばの花束」の一部にあたるものであり、この章を本の中のどこにおくべきか、巻頭か、それとも巻末かなどは今、考えているところだ。試みに、この一章が、そのいずれかの場所を占めるべき、目次を広げてみると――。

仮りの目次

ドン・ファンの誕生
なぜドン・ファンはスペインに生まれたのか
ドン・ファンの姿
ドン・ファンのモデル
ドン・ファンの系譜
二人のドン・ファン
ドン・ファン神話を創造した修道士

ビリャメディアーナ伯爵ノート

すでに書き上げたものもあれば、執筆中のものもある。

まだ「花束」は続くので、この章が完成したときに、本稿においては省略した引用、参考文献のリストを付すことにする。

なお、ドン・ファアンに再会するからと言って、ドン・キホーテに背を向けて、彼をめぐる考察をやめてしまうわけではない。リコ先生、ブレクア先生らの版の『ラ・マンチャのドン・キホーテ』をはじめ、セルバンテスの伝記なども、まだ書斎のもう一つの机の上に開いたままだ。

（二〇一七年十二月）

（やまだ・まふみ　バルセロナ自治大学客員研究員、スペイン文学者）

●論文

詩的理性とオリエンタリズムについて

――マリア・サンブラーノの場合

角倉　マリ子

はじめに

マリア・サンブラーノの提唱する詩的理性には日本人のエートスにみられる諦念が根底に流れているように感ずる。それはとりもなおさず仏教が説くところの無常観、そして老子の「不立文字」が示すというシンプリシティといったオリエンタリズムが彼女の思索を読み解いていくときにしっくりとなじむのである。

マリア・サンブラーノ財団には彼女の遺した蔵書がある。そのリストのなかでわたしが見つけたのは老子の本であった。もちろん生前に彼女の手によってほとんどが処分されていたので読書していたのは相当あるだろうが、唯一の手がかりが老子である。それでも禅の「無」の影響は捨てきれない。本編では、さまざまな観点から詩的理性とオリエンタリズムについて推論を進めていきたい。

詩と思索について

「哲学と詩」の冒頭にはこう書かれている。

「ある幸運な人であっても、詩と思索はこれまでずっと共在できていたし、その他の幸運な人々にとってすら詩と思索は表現の単一形式にはめ続けられてきた、つまり真実は思索と詩が我らの文化に寄り添うように凡ての重力に直面しているということなのだ。

それらの各々が巣の中で永遠を願っている。そして二重反転が挫いた職業の原因であると言い切ることなくアネガダ島（※）の無菌性を、多くの苦悩を、救うことができるのだ。

しかしながらこの問題を放置しておけないさらに決定的な別の

理由があり、今日二つの不適切な形式としての詩と思索がある。哲学における凡ての人間ではなく：詩の凡ての人間ではなく：詩においては、直入に具体的で個性ある人間が表出するのだ。人間の哲学で望みどおりになった普遍的な歴史上の人物は、望むとおりになっている。それゆえあなたは高尚さによって見出している。哲学は精神の了知に導かれて追究するのだ。西洋世界に発した「詩の非難」、つまり多事で、法も無用な命がけ、詩はせまい小径を歩み、彷徨い、時には道に迷い、気が違い、呪うことになるのだ。思索の「力そがれた」浪費、詩は歓声をあげ、大声で不都合な真実を叫びながら延命している。」（拙訳：出典FONDO DE CULTURA ECONÓMICA）

アネガダ島というのは英領ヴァージン諸島のなかにある島で、その名は、コロンブスに由来する。最初に発見した際、まだ人間によって汚されていない至純の島を聖ウルスラと一万一千の乙女の殉教伝説と結びつけたという。

マリア・サンブラーノは、ここで大胆な暗喩を用いる。スペインが侵略、領土化した大陸・島嶼群がもともと無菌か耐性のない土地であったと仄めかす。母国が行ってきた侵略の歴史にたいする一見もの柔らかく実は厳しい否定である。

マリア・サンブラーノ―この思索者の文体は、ひとつのセンテンスが長く一ページに二ないし三パラグラフしかない。そして粘り強く持論を展開していく手法は、かなり文学的である。わたしは詩人であるゆえに、樋口一葉の文体を思い出してしまう。それも隠喩を多用しているため、ほとんど詩人の想像力をもって翻訳させてもらっている。

マリア・サンブラーノは思索者と呼ばれることが多い。もちろん哲学者であるのだが、わたしには彼女が詩的理性をもって絶対的な懊悩の表土に立つ姿がみえる。そうして克服していく姿がその人生と重なってみえる。

ギリシャ哲学への関心

マドリッド大学でスピノザに傾倒したマリアは後にギリシャ哲学に向かうこととなる。なかでもプロティノスに言及するのであるが、プロティノスは新プラトン学派の祖と言われ、著作「エンネアデス」がある。その思想はこのようにまとめられている。「世界は一切を超越し把握も思惟もされない神的一者から流出するものであり、人間はこの流出を逆にたどって自らの根源に帰りゆくことで神と一体になることができると考えた。（スーパー大字林三・八）」

筆者は最近のことイタリア詩人のダンテ・マッフィアの「アレクサンドリア図書館」という詩を訳す機会を得て、本人が来日した際にいろいろと話を伺った。ギリシャ・ローマ哲学の原典は羊皮紙に書かれ、アレクサンドリア図書館に収められていたが焼き討ちにあって焼失した場面をいきいきと描写したものである。現代知られているいる哲学者は氷山の一角。いかに多くの思想家、哲学者、詩人、芸術家が議論や著作に活動をしていたかを感得することができる。

歴史を学ぶのは、その年代に何があって誰が行ったかではない。織物の裏面のように、真実の歴史はほとんど秘匿されている。それでも詩人は消えた人々、隠された人々の声を聴く。マリア・サンブラーノが歴史をテーマにする場合は、歴史学でも科学的弁証法でもなく「詩的理性」をもって真実を感得する独自の手法なのだ。

それが、老子の思想に共通するのではないか、が本編で導かれる仮定である。

詩的理性へ

マリア・サンブラーノのの思想は実存主義の潮流にあって、「不安の哲学」キルケゴール、シェストフの流れを汲んでいるように捉えられる。それは正しいように見えるが、継承はしていない。

師オルテガ・イ・ガセの思想の継承をしているわけでもない。マリア・サンブラーノが詩的理性という概念を生み出したことに、誰の影響も受けていないとわたしは見る。研究者はそれを関連づけることに興味があるだろうが、独自性を際立たせていくことこそ、大切ではないだろうか。

そうすれば、「詩的理性」とは、どういうものか。「哲学」と「詩」の関係はどういったものだろうか。これを考える「自己」はいったい何者か。「世界」とは何か。「歴史」とは、「戦争」とは、次々と思索を深めていった。

マリア・サンブラーノの生涯に起こった第一次世界大戦、第二次世界大戦、スペイン軍事政権、スペイン内戦は、詩人や哲学者にとって「人間とは何者であるのか」ということと、真理の追求は内的世界において絶えず行われていた。出版するにも自由を奪われても、思索する自由はある。思ってはいけないという法律はないのだから。

マリア・サンブラーノの原点は「人間の悲しみ」の根源を探ることにある。既存の哲学では、概念を説明したり、関係を明かすことはできても、解決する力を与えることもできないことを見抜いていた。しかし、詩はできると信じていた。

そこで、彼女はギリシャ哲学に原点回帰した。「ギリシャ哲学では、第一期ではイオニア学派に代表される自然の根源（アルケー）の探求がなされ、第二期ではソクラテスの登場とともに自然より人間へと関心が移り、プラトン・アリストテレスを中心に、ロゴス（理性）、アレテー（徳）、などが考察されるとともに、存在を問う探求が深まった。（大辞林）」

いかに魂の安らぎを得るかという疑問の答えがすでに明かされていたからだ。そうして、そのころの哲学は詩に満ちていた。では、詩とはなにかという問いが残されている。ポエイーシス（苦労）が語源ときいて納得するのは筆者だけではあるまい。詩人を敬愛する時代があり、その場所があり、知情意のベストバランスを人間が表象する詩人があればよいと常々思っているから。

アリストテレスはプラトンのイデア論（善のイデアを探求し、弁証法を唱えた）を批判し、形相（エイドス）は現実の個物において内在・実現されるといい、叙事詩の悲劇性にカタルシスをみる「詩学」も後世に影響を与えた。いずれも、中世哲学、近代哲学が複雑化していくなかで、時代は変わり、政治社会も転変するなかで、もっとも簡素な哲学（自分のことすら理解、克服できないのに、どうして哲学の体系化や主流哲学の承継ができようか）を究めようとした。

　そこでオリエンタリズムの思想が、いったんオキシデンタリズムの弊害を消去し、あらためて「詩的理性」を創出することになったのではと推察する。

　この用語を定義づけるとすれば。詩人の鋭い感性や、自由な想像力、そしていかなる権力にも媚びず、どんな風潮にも流れない知性、真実を見る目を尊ぶ理性といえるだろうか。彼女の思索は、詩的に表現される。決して、説き起こしたり、説明しない。そして読者の詩的理性に訴える。

　どんな悪政も心地よい言葉で語られ、どんな歴史もそれぞれの都合よい言葉で語られ、真実が葬られていく。それに静かに悲憤し、「言葉に責任をもたない人間が発する言辞が、いかに世界を狂わせていくか」「言葉は受け手にイメージを与えるものであり、それを操作する人間の悪徳」を指摘し生涯を終えたのだ。

老子の思想とマリア・サンブラーノの詩学

　老子の徳経には、次のような教えがある。

偏用第四十三

天下之至柔、馳騁天下之至堅。無有入無間、吾是以知無爲之有益。不言之教、無爲之益、天下希及之。

現代語訳：「世の中で最も柔らかいもの（水）が、最も堅いものを制圧している。形の無い物は（岩盤のような）隙間のないもの所にも入っていけるからだ。私はこれをもって『無為』の益を知る。『不言』の教え、『無為』の益は、天下でこれに及ぶものはない」

　マリア・サンブラーノの言葉は、すみずみにまで入っていける形ない物で、至柔の本質をもっているといえないだろうか。哲学体系という構築物があり、それが堅固であればあるほど、悲しみの根源からは遠ざかる。マリア・サンブラーノは哲学者として詩にその解答を求めた。詩には論のように仮定もなく結論もなく、批判を受け入れない。

　そこで古代ギリシャへ遡及して西洋の歴史哲学を俯瞰していくプロセスのなかで独自の解読を行ったのだろう。

　わたしは老子を読んで自分の類推が間違っていないと確信をもつに至った。

マリア・サンブラーノの言葉

「詩人は存在をするだけで気にかけもしないし心配もしない。それは不道徳であった。しかしその不道徳性がときに最後の源泉にさらに追い討ちをかけるのだ。」

「詩の奇跡は優雅な瞬間に十全に顕現を果たしそのことごとを

見出した、その根底から」

「詩は人間の存在についての問題を無効にする、そしてそこでは明白となっている。人間はただ歌う声であり、ことを為し、すべてを為すようにと言う声である。」

「まだ始まっていない人間は、あたかも同じ迷妄の人間、詩人であるかのようにその集合体の多様性、有限性、無限性にすべてがある。

愛は退出した、すでに取り上げることなく、それはその存在を差し出し、栄光のうちに十全な出現を勝ち取ったからである。」

(filosofía y poesía: Fondo de Cultura Economica ISBN 84-375-0501-1)

すみくらまりこ訳

マリア・サンブラーノの詩

マリア・サンブラーノ

わたしの天使へ

不思議はないのです
ただ、面倒な悲しみ
苦い香草
あなたが導いてくださったから
そしてあなたに話すよう命じられたから
えぇ、あなたの翼になりたいのです
墜落も、魂も、嘆きも
わたしのための涙の雨
なぜならあなたは泣くでしょう
わたしが居ないと泣くでしょう
あなたのそばにいると感じていますから
わたしはあなたの醜さ、あなたの無力さ
異国人はあなたに委ねるのです
あなたの重さのように
わたしは目にみえるのです。
わたしはあなたの石なのです
あなたの翼に油を注ぎます
あなたの怪魚レモラに
そして無限の瞬間
あなたの永劫回帰へ
あぁ、天使よ
わたしはあなたの地獄でしょうか?
永遠回帰
あなたの軽さがわたしを閉込めます
曖昧な家のように
あなたの足に身を投じます
焼いても燻じて下さってもいいのです
あなたが自由になれるなら犠牲になりましょう
わたしを居させないでください、あなたの重さになりますから
あなたはわたしを許りました

わたしは抗いました
どれだけといわれますか?
あなたの文脈だけなのです。

すみくらまりこ訳

出典

(La fuente escondida: La razón poética de Maria Zambrano por Maria Elizalde-Frez) revista sleph: ISSN 0120-0126)

あとがき

スペイン学に寄稿させていただき、十年が経とうとしている。このたびは記念出版に際し関係者各位には心より敬意と感謝を捧げたい。筆者の近況であるが、マリア・サンブラーノの原典を読み解くうちに夜明けを迎えることが多い。「詩と哲学」という思索の迷路に遊びながら、曙光に導かれ脱出を果たす努力をしている。

(すみくら・まりこ　詩人・翻訳家・エッセイスト)

●研究ノート

『血の婚礼』を三度読む

――〈母親〉、〈花嫁〉、〈レオナルド〉を通して

平井　うらら

一．課題の設定

『血の婚礼』の公演は今でもスペインにおいてしばしば公演されるが、その扱いはおおむね古典劇としてか、または原作を基にした前衛劇としてである。そのせいで、初演の時のような興奮と熱狂を感じさせるものはない。劇の禁圧が四〇年近く続いたのだから、初演を知っている関係者はいなくなり、初演の時の迫真性も失われた。母国スペインにおいてさえ、長い空白期間をまたいで、ロルカ劇の「再受容」が問われたのである。

その母国でまだ公演を禁止されていた一九五〇年代半ばに、日本でロルカ劇が紹介された。これは、フランスを中心とした、おもに若者たちによる「ロルカ再評価」がきっかけとなっている。第二次世界大戦の惨禍を経験した若者たちには、それまでの思想的文化的方法や価値を根底から問い直そうという動きがあり、それが哲学的には実存主義、演劇においては不条理演劇として展開していた[1]。その運動が拓いた視野の中に、新たに評価し直されたロルカが浮上してきたのである。

しかし大戦後のロルカにはその再評価とは別に、「民衆詩人」、「闘いの中で若くして犠牲になった悲劇作家」というレッテルがつきまとった。この政治的な先入観がロルカ作品の正確な理解を妨げることになった。

さらに、ロルカ受容に当たっては日本の特殊な事情もあった。当時の日本の演劇界は、リアリズム演劇の呪縛にしっかり囚われていたのである。ヨーロッパではロルカが生きた当時すでに、演劇革命が進行していた。ロルカもまた、その変革の渦の中にいたのである。この変革を一言でいうと、「幻想的なものを極力排除して劇をできるだけ現実のリアルに近づける、というリアリズム的手法を脱し、演劇が本来持っている祝祭性を回復していく」ことである。しかしこのことは、決してリアリズムから離れて、超

越的な夢想を追い求めることを意味しない。そのことをロルカは、「ドゥエンデの働きと理論」[2]の中で「櫛の娘」[3]の例を挙げて説明している。「櫛の娘」がフラメンコを演じようとするとき、対面しているのは牧場主や高級娼婦などの、名だたる観客たちである。この観客たちとの緊張した関係こそ、リアルの現場に他ならない。それは時代や社会を忠実に反映している。このリアルに迫り、その中心を射抜くためには、「娘」自身が自己解体と再生を一挙に果たす必要があった。その、演者の死と再生のドラマの渦中にドゥエンデ（祝祭）が現れるのである。したがって、ロルカが近代リアリズムに批判的だったからと言って、リアリズムそのものから離れていたのではない。ロルカ劇の場合、彼の神話的幻想的演劇空間が、現実のどのようなリアルに足場を持ち、そのリアルと幻想がどのように統一されているかを理解していかなければならない。

三〇年代のロルカと同時代の日本演劇は、築地小劇場をはじめとしてこの世界的な演劇の変革の波を受けていたのだが[4]、過酷な天皇制政治のもとで芸術的冒険どころではなくなり、「リアリズム」という砦にこもるのが精一杯になった。つまり戦中の日本演劇は、いわば「リアリズム」というかたちで冷凍保存されたまま、戦後を迎えたのである。戦後は、それが解凍されたところから始める以外になく、日本で本格的な演劇革命が起こったのは、ようやく六〇年代末期になってからであった。

だが日本のロルカ受容における問題はそれだけではなかった。前近代的因習に苦しむ社会であるという点で、「日本とスペインは同じ」と即断したのである。したがって、近代化を推進した日本の進歩的啓蒙的知識人と重ねるようにしてロルカを見、またその作品を解釈したのである。そこから見れば、ロルカ劇は反封建、反家父長制を啓蒙するものとみなされることになる。

『血の婚礼』をこのような姿勢で理解しようとするなら、読めば読むほどわけがわからなくなる。恋愛を悲劇的なものとする強制力や因習は、どこにも出てこないからである。したがって日本人がこの作品に一様に持った感情は、「困惑」である。誰もが、あからさまか、それとなくか、は別として、物語の破綻を指摘している。しかし「それにもかかわらず」、「野生、本能、血の叫び、祈り、神話的」部分が見事だと褒めるのである。

『血の婚礼』を机上であれこれ言うのはむしろ、たやすい。しかしこれを具体的に舞台に上げるのは、簡単ではない。劇の統一的理解はもとより、登場人物それぞれの個性、物語展開の意味、セリフのやりとりの機微、服装、物腰、舞台上の立ち位置、人物の一人がセリフを語る間に他の役者はどうふるまうか、などをしっかり構成していかなければならないのである。この劇の日本での初演は一九五九年「ぶどうの会」によるものであり、三大悲劇のなかでは一番遅かった。「ぶどうの会」の主要演目にはかからず主役級で出演するはずの山本安英は、出演を回避した。これは、きわめて異例なことである。山本は結局、役作りに自信が持てなかったのであろう。これ以降、六〇年代末になるまでの長い間、『血の婚礼』はぶどうの会においても他の劇団においても公演されることはなかった。そのくらい、公演するには難物だったのである。「ぶどうの会」のこの公演は、おしなべて不評であった。理解が不十分な部分を、スペインというエキゾチシズムの強調によって切り抜けようとしたからである。

この劇の評価でよく出てくる感想は、「人物が描けていない」、「人物が操り人形のようだ」、「人と人との関係がダイナミックに展開しない」という批判である。本当にその通りなのだろうか。それなら、なぜ当時のスペイン人たちは熱狂的にこの劇をうけいれたのだろうか？それだけでなく、中南米のひとたちにも大好評であり、公演があるときは作者であるロルカ本人を呼び寄せてまで講演を求めたのはなぜか？もうひとつ、第二次大戦後のフランスでロルカを再発見することになる若者たちは、ロルカ劇のどこに魅せられたのか？　もちろんロルカの名前はフランスでは早くから知られていて、再評価されるまでは、スペインの独特な風土と気性を描いたところに劇の見どころがあるとされていたのである。

これらのことを検証するために、あらためて、ロルカを精読する必要がある。はたして「人物がトータルなキャラクターとして描けていない」という批判が正しいものなのか、〈母親〉、〈花嫁〉、〈レオナルド〉の三つの読みを試みたい。

二．〈母親〉を読む

〈母親〉[5]は一見すると、息子への愛に盲目的なありふれた存在に見え、あまり注目されない。しかしよく読んでみると、一筋縄ではいかない存在である。

それを検討する前に、次のことを確認しておきたい。それは、〈母親〉が中心となる一幕一場で、この劇が成立する社会的時代的諸条件がすべて提出されていることである。その諸条件を明らかにしておこう。

まず第一に、登場家族たちの住まいの位置関係、その地政学的意味である。〈母親〉と〈花婿〉の家族は、開けた平野にぶどう畑を精力的に栽培している。ぶどうは、よく肥えた日当たりのよい土地を必要とするから、そこはこのあたりでは一等地であるはずだ。〈村の女〉は、山のふもとの集落に住んでいる。そこはかつて〈母親〉も住んでいたところであり、二人は旧知のなかである。〈村の女〉が〈母親〉一家の事情に精通しているところを見れば、そこは、若くして殺された夫と新婚生活を始めたところであると思われる。この集落に住む者たちのなかには、やがて富を得て出て行く者がおり、あるいは没落して追われる者がいる。前者が〈母親〉たちであり、後者が〈レオナルド〉である。また、〈村の女〉がもたらしたエピソードにあるように、都会の工場で手を機械に挟み、帰ってきて寝込んでいる若者もいる。早くもここに、近代以前の共同体がそれとは気づかぬうちに分解していく形が示唆されている。なお〈花婿〉の「ぶどう」栽培も、世界市場を前提とした近代的な農業である。農場を発展させるためには精力的な労働ばかりでなく、先を読む目先のきいた才覚を必要としている。一九二九年以来の世界恐慌の影響を考えるなら、〈花婿〉たちもけっして安泰とは言えないのである。〈レオナルド〉は、村から孤立した一軒家に住む。〈花嫁〉とその父親は、集落からさらに山に登った、人もあまり来ない荒れた土地を開墾しながら暮らす。

これをつぎのような構図に書き直すこともできる。〈村の女〉は、前近代的な従来の共同体的心性を体現し、そこから放たれるいくつかの方向のひとつが上昇する〈花婿〉の家族であり、あるいは孤立する〈花嫁〉の家族であり、はみ出しつつある〈レオナルド〉の家族である。ドラマは、共同体の解体過程という動因に導かれながら、展開していく。

次に、登場人物の年齢にも注意しておこう。ロルカは周到に年齢設定もしている。年齢がはっきりしているのは〈花嫁〉であり、二二歳である。(6)〈花婿〉の殺された兄は、〈花嫁〉と同じ年だというから、生きていればやはり二二歳。〈母親〉の新婚生活は三年しかなかったというから、弟は兄と多くても三年くらいしか離れていないので、〈花婿〉は二十歳くらいだろう。赤子だった弟が二十歳になっているのだから、事件からは二〇年が経っている。事件の時〈レオナルド〉は八歳だったというから、今は二八歳。〈母親〉が結婚したのが〈花嫁〉と同じくらいだとすると、今は四〇代半ばと思われる。まだ働き盛りであり、歳のせいで遠慮がちになったり無力であったりする年代ではない。だから、息子が「母さんは木の下で休んでいなよ」という言葉に返して「まあ、この子ったら、こんなお婆さんを木の陰に連れて行って、どうしようというんだい?」という軽口も、文字通り軽口である。

劇の冒頭の「ナイフ」をめぐるやり取りは印象的である。〈母親〉は、日用品としてのナイフの中に、どうしても殺人道具としてのナイフを読み込んでしまう。フェリクス家との争闘で夫と長男が殺された事実から離れることができない。冒頭のこの「ナイフ」の出現は、劇全体を不吉な予感に包み込む。

この「ナイフ」をめぐる〈母親〉の極論は、そのまま現実へ向かう姿勢に直結している。〈母親〉は、いろいろな考えをそこからしか組み立てることができない。「現実から導き出された幻想が、現実を把握したり判断したりする方法となる」ことを神話的思考であるとするなら、〈母親〉のこの考え方は神話的思考そのものである。そのせいで「ナイフ」をめぐる〈母親〉と息子のやりとりや、隣人との世間話は、ずっとすれ違っている。それは、〈母親〉と現世とのずれといってもいい。

それはたとえば、フェリクス家と〈母親〉家族との因縁の争闘に対する態度にも表れている。事件は息子にとっても隣人にとっても、とうに過去のものとなっている。〈レオナルド〉にしても、幼かったので無答責とみなされている。しかし事件は〈母親〉にとって神話の源であるからいつまでも生々しく、判断の基準になっていて、それゆえ〈レオナルド〉の存在に不吉な予感を払うことができない。

神話的思考は、回想の場面でも表れている。事件が起こる前の暮らしは、より美しいものとなる。夫は偉丈夫で、妻にやさしく、遊びや買い物にも連れだした。義父もやり手で、女が放っておかないいい男で、各地になじみの女がいて子供がいた。ここに現れた男性像は、典型的な前近代社会のそれである。つまり社会を構成する家族の形成は、他家族の男または女をやり取りすることでのみ成立する。結婚は公的なことであり、それが社会を持続させるための基本である。そこに個人的な恋愛の入り込む余地はない。愛情は、結婚の後に育めばよいのである。結婚の際、純潔がことのほか重要になるのは倫理的な意味ばかりでなく、それが親子関係を公的にも私的にも証明する唯一の方法だったからである。だから、結婚前に純潔であることは、男にも女にも要求される。しかし一人前の男になり、家族を立派に養えるようになってからは、家族を破壊しない限り「遊ぶ」ことが許される。「遊び」は、青年時代には許されなかった疑似恋愛ゲームとでもいうべきもので、そこで女にもてるということは誇らしいことである。だから、〈母親〉は息子、夫、義父のそれぞれのあり方に、男の本来あるべき生き方を見ているのである。純潔の息子を自慢し、遊び上手な義父を誇らしく思うのは、矛盾でも何でもないのである。

このことから見えてくるのは、いま失われつつある共同体への彼女の熱い思い入れである。そして〈母親〉の神話的思考の唯一のエネルギー源は、家族の中で一人だけ残った息子である。それを守るために、道具としてのナイフさえ忌み嫌うのである。もしこのような姿勢を〈母親〉が最後まで取り続けるなら、それは一貫した個性として刻まれるであろう。だが〈母親〉は、最も大事な局面でこの信念を裏切る。〈母親〉は、〈レオナルド〉たちを追おうとする息子からどんな手段を使ってでも、ナイフを取り上げるべきだったのである。しかし彼女は、共同体内部で個別に抱かれる心情と、外部に向けた共同体の論理が対立するとき、共同体の論理の方に従ったのである。この時、息子からナイフを取りあげたとしたなら、この劇はまったく別のドラマになっただろう。息子を励ましながら送り出した時点で〈母親〉は自分の心情を裏切り、息子の死を招くことになった。彼女は結局、息子の死を通じて、解体しつつある共同体に殉じたのである。

三、〈花嫁〉を読む

〈花嫁〉一家について重要なことは、その来歴である。

〈父親〉は若い頃、村を出奔している。そのあと何があったかは示されていないが、結局、無一文で妻子を連れて帰ってきた。苦しい生活から一旗揚げようとして出奔する若者は、当時たくさんいた。スペインでは、スペイン語文化圏の他の国や地域の人との人的交流や移動は、日本人が考える以上に活発に行われている。今もそうであるが、出入国管理が厳密ではなかった昔はなおさらそうである。[7] 食い詰めて外へ出たのだから、故郷へ帰ってくる人はあまりいない。容易に想像されるとおり、帰ってきてから後のこの一家の暮らしは厳しいものだったはずである。彼らはもと住んでいた集落へは戻れず、少しでも肥えた土地はすでに誰かが占有しているわけだから、手に入らなかった。〈父親〉に唯一可能だったのは、だれも見向きもしない辺鄙な土地を切り拓くことだけだった。

〈村の女〉が〈母親〉にいう通り、〈父親〉の妻は、「きれいな人だったが、誰ともうちとけなかった」。つまりこの妻は、異族の人だったのだろう。彼女がこの土地になじまず、また地を這うような労働にも向いていなかった。この妻は結局、死んでしまって今はこの家にいない。つまりは〈父親〉と娘がふたりだけ残されて、荒れ地を切り拓くことになった。

娘にとって、山奥の暮らしは寂しく、娘らしい楽しみや華やぎはなかった。そしてこんな辺鄙なところにも訪ねて来てくれる行商の若者に、いつしか惹かれるようになった。自分が知らない外の世界の夢のような話に、彼女は目を開かれるような想いをしたのだろう。そうしてふたりは、恋仲になっていった。しかしやがて娘は、家族の将来ということを考えるようになると、風来坊のような生き方、不安定な暮らしを予想させるこの若者、すなわち〈レオナルド〉と一緒になることは考えられなくなった。この決断は娘自身が決めたことであり、ふたりの別れも、〈レオナルド〉と娘との間で成立したことである。ここにいかなる第三者もかかわっていない。

〈レオナルド〉と別れた後しばらくして娘は、〈花婿〉と出会う。〈花婿〉は働き者で才覚もある、しっかりした若者であり、なによりも土を相手に畑を切り拓くという労苦の意味を共有できる相手である。このふたりの出会いと交際も、誰にも強制されずただ当人たちの意志によってなされたのである。〈母親〉は、ふたりが結婚の約束をしたあとに、事後的に承諾を求められたのであり、〈父親〉も同様である。よく見れば、この〈花嫁〉と〈花婿〉の交際の過程は恋愛といってもいいものであり、恋愛から両家の親の承諾を得て結婚へという経緯は、何の問題もないありふれた過程なのである。だからこそロルカは、役名にあえて固有名詞を振らずに、普通名詞で押し通したのである。

それならなぜ、〈レオナルド〉と〈花嫁〉の逃避行という事件が起こったのか。

誰しも、「ひとつひとつの選択は納得づくで来たのに、もたらされたその結果については何か知らないが、罠にはめられたような不本意な気分」に陥ったことがあるだろう。彼女は「良き妻、良き娘」になるつもりでここまで来たのだが、〈レオナルド〉が家の近所に出没しているのを知って、思春期の頃、彼に感じた自由の風を思い出したのである。結婚の準備をしていて、女中に「まるで男みたいな力！」と言われてあらためて、娘らしいこともせず過ごした年月を思い返すのである。その不安な心が、逃避行を迫る〈レオナルド〉に対面して堰を切ったように、自由への情熱としてほとばしることになった。

この劇の三人の若者たち、〈花婿〉、〈花嫁〉、〈レオナルド〉は、家族の構成において誰かが欠けている。〈花婿〉には父が、〈花嫁〉には母が、そして〈レオナルド〉には両親はおろか親族さえいない。これはもちろんロルカの意図的な制作であり、「居て当然の人が居なくなる」ことで、その人は残された者の中によみがえるのである。このようにして、登場人物の生が世代をまたぐことによって、その生は時間化・歴史化されるのであり、偶然に見える行動も必然化されるのである。

〈花嫁〉の父は元々ここの出身で、帰ってきて農地を拓くくらいだから、一所定住の魂を持っている。母は定住を嫌い、漂流者の自由の魂を持っている。〈花嫁〉は、もともとこの二つの魂に引き裂かれている。〈レオナルド〉を選び、次に〈花婿〉を選び、また〈レオナルド〉を選ぶのはこのせいである。婚礼の朝に、結婚式に招待されたひとびとが三々五々やって来ながら幕外から歌う、不思議な歌がある。「花嫁さん、目を覚ましなさい、今日は結婚の日だよ」…。どんな新婦も寝坊したり、招待者がやってくる時間に寝ていたりする者はいない。これは劇中に織り込まれながら、「〈花嫁〉よ、覚醒しなさい、本当の自分に目覚めなさい」という、天から降ってくる声なのである。観客は少なくとも、そのように聞くはずである。

このように理解してはじめて、〈花嫁〉が帰ってくる最後のシーンがわかる。このシーンは、尋常ではない。なぜ〈花嫁〉は〈母親〉のもとへ帰ってきたのか。平凡な作家なら、〈花嫁〉は殺されるか、自殺するか、捕らえられて引き出されるかしたはずである。しかしいずれでもなかった。自ら「〈母親〉に殺されるために」帰って来たのである。ロルカはわざわざ、このような場を設定したのである。しかもその語る言葉が、観客の意表を突く。「私は殺されるために来た。でも、わたしの身体は清らかなままだ。もしあなたがわたしだったら、あなたも私がしたようにするだろう」と。〈花嫁〉は、自分がしたことをよく自覚していて、強い贖罪の意識を持っている。それでも自分がしたことは、まぎれもなく自分の中に起こったことであり、誰にも揺るがせにできないことである。自分の魂が引き裂かれていること、あの魂もこの魂も自分のものであること、これを訴えているのである。だから贖罪の気持ちはあるが、自己を顧みて反省も後悔もしない。このような存在のあり方は、すでに前近代的社会のものではない。〈花嫁〉に後悔させたり詫びさせたりしようとするのが、前近代の論理である。しかしもし、そういう論理が強固に生きている一昔前の時代であったら、最初から〈花嫁〉は気の迷いを振り払って〈レオナルド〉の手をはねつけたはずである。

さらに注目しておきたいのは、「自分は清らかなままだ」と言っている点である。殺されに来たのだから、ここで彼女が嘘をつく理由はない。〈レオナルド〉とは性的交渉はなかったのである。だが、肝心なことはそこではない。肝心なのは、〈レオナルド〉との逃避行の動機は、性愛にはなかった、と言っていることである。つまり彼女は恋愛感情によって行動したのではない、とはっきり言っているのである。恋愛劇の構図を作り、悲恋に見せかけておいて、しかしこの劇は恋愛劇ではない、もっと違ったものなのである。

ここで改めて、この劇が初演された時代状況を思い起こしておきたい。〈花嫁〉の心の中に沸き上がった、それまでの社会的な掟や倫理をひっくり返してでも自分に忠実であろうとする狂熱の嵐は、いわばこの時代が持つ欲求でもあった。一九三一年の第二共和制以降の展開は、右派も左派も「正義」という狂熱にとらわれて、たがいに命のやり取りをしたのだった。この、時代の空気をロルカはここに刻み込んでいるのである。

四．〈レオナルド〉を読む

〈レオナルド〉は一幕一場の最後に、不吉な影のようにその存在が暗示される。平凡でほほえましく進行している結婚に〈レオナルド〉は、無理やり「外部」から介入し破壊する一個の暴力となる。

そのことは、一場から二場への転換において鮮やかに示される。ここでは、子守歌が物語の展開の中に織り込まれるのではなく、冒頭からいきなり登場する。あたかも、子守歌が表出する共同幻想が場面を支配し、登場人物がその影響下にあるように。場所は、〈レオナルド〉の家、歌うのは〈レオナルド〉の妻と義母である。

この子守歌は、劇の雰囲気を醸成し、不吉な行く末を暗示するためにだけあるのではない。劇の前提を、前の場の現世的リアリティから神話的幻想的空間へ一挙に引き挙げるためにあるのである。子守歌は、出来事を重ねて順次進んでいくそれまでの「時間」の流れから転換して、夢幻的な時間および空間を導き出している。

そもそも、なぜ赤ん坊は夜通し眠らないのか。赤ん坊は、原文では niño である。スペインでは、niño は神の手のうちにある存在とされる。(8) 神が地上に降ろした聖なるもの、無垢なるものが niño である。その赤ん坊が眠らないとするなら、何かしら不吉なことが進行している証拠である。だから赤ん坊への「子守歌のかたち」をとった呼びかけは、その不吉なものを振り払いたいと niño に向かって乞い願うことと同じである。

Duérmete, clavel,
おやすみ坊や、かわいいカーネーション
que el caballo no quiere beber.
だって馬は、お水を飲むのを嫌がるから（拙訳）

このように赤ん坊（カーネーション）は、que によって馬の物語と固く結びつけられている。だがそれだけではない。論理的には、「不吉なこと」のせいで赤ん坊が眠れないのだから、赤ん坊には〈「不吉なこと」は気にせず、それを乗り越えて、「どうか眠っておくれ」〉とならなければならない。にもかかわらず、「あなたが寝たら、馬も水を飲むことができるようになる」と論理が逆転しているのである。子守歌の中では、事態を制御しているのは、馬ではなく niño なのである。

ではここで、その中身を要約しておこう。

〈がっしりした大きな馬が、高い山の奥深く、清冽な水の流れる谷間に家族と住んでいた。なぜだかはわからないがこの馬は故郷を追われることになって、水の流れに沿ってふもとの平野にまで降りてきた。途中の難路、雪や氷のせいで馬は今、傷だらけになって心は荒れている。喉はからからだがきれいな水しか飲んだことがないから、川の下流の、何が入っているかわからない濁った水は飲めない。岸に降りて行って口を水に近づけても、飲むことができない。清流を求めて馬は、今は遥かになった故郷の谷間に向かって悲しい声をあげるだけだ…
そんな荒々しい心で叫ぶから、niño は眠れない。niño よ、寝ておくれ、そうすれば馬も鎮まり水がのめるようになるだろうから。
馬よ、この家に入ってくるんじゃないよ。早く黒い水にも慣れて、飲みなさい。そうでなければ、故郷へお帰りなさい。〉

馬はもちろん、〈レオナルド〉の荒ぶる魂のことである。

子守歌は、〈レオナルド〉が登場するシーンを挟んで、前後のふたつにわかれている。歌は、単純に〈嫁〉と〈姑〉が交互に歌っているわけではない。それぞれの歌詞が、ふたりがそれぞれに抱いている感情を表出している。前半では、〈姑〉が歌を主導し、〈嫁〉がそれについていく。〈姑〉は、馬の来歴を紹介する。それはそのまま、〈レオナルド〉の、精神的な来歴である。〈嫁〉は〈姑〉の歌を引き継ぎながら馬の傷ついた心、望郷の気持ちを思いやる。〈姑〉は「そんな柔なことでどうするの」といわんばかりに、馬の魂がこの家に入ってくることを激しく拒絶する。〈嫁〉は、「赤ん坊には素敵なゆりかごや枕があるのよ」と言って、〈レオナルド〉との暮らしで育んだものを思い出させようとする。そして「赤ん坊が眠りに落ち、馬が鎮まる」ことを願う。この前半部分では、〈姑〉は〈レオナルド〉の「漂流者の心」に対して、にべもないが、〈嫁〉はその心を思いやり、わかろうとつとめ、自分たちと馬が和解することに望みを持っている。

そして、〈レオナルド〉が登場する。観客が待ちに待った、この物語も待ちかねていた人物の登場である。彼の第一声は、**¿Y el niño?**（赤ん坊は？）という問いかけである。子守歌において特別の地位を占めていた niño にこうして〈レオナルド〉が向き合うことによって、神話的幻想的舞台がリアルな世界へと移行するのである

ここで〈レオナルド〉は、弁解の余地のない暴君である。「英雄的」なものなど、片鱗もない。ロルカは、この「弁解の余地のなさ」を仮借なく描き出している。そしてその態度から推すと、〈花嫁〉に結婚話が進んでいることを今まで知らなかったこと、したがって〈花嫁〉との逃避行を思いつきもしていないことは確かである。

〈レオナルド〉が退出した後の、子守歌後半部は、悲しみと絶望の歌になる。そして〈姑〉を受けて歌う〈嫁〉の歌はそれまでの、

Duérmete, clavel,
おやすみ坊や、かわいいカーネーション
que el caballo no quiere beber.
だって馬は、お水を飲むのを嫌がるから

にかえて、

Duérmete, clavel,
おやすみ坊や、かわいいカーネーション
que el caballo se pone a beber.
ほら、馬がお水を飲み出すよ

になっている。この新たに登場した詩句が使用されるのは、ここ

一カ所だけである。この場面のト書きに、「まるで夢見るように」とある。レオナルドとの言い争いの後、彼の愛がもう自分にはないと確信し、絶望的になった彼女は、「水を飲んで欲しい」という望みがさらに強くなり、(まるで夢を見るように)、「ほら、もうすぐ馬が水を飲んでくれるわ」とすがるように坊やに歌いかける。すでに〈嫁〉は、馬が水を飲む情景を幻視しているのであろう。そしてもしお水を飲まないなら、「山へお帰り」と、それまで〈姑〉しか言わなかった言葉を自分も告げるのである。

それからの〈嫁〉は、〈レオナルド〉を不安と疑いの中で監視する立場に追い込まれて、ついに、〈レオナルド〉と〈花嫁〉の逃避行を皆に告げ知らせる役目を担わされることになってしまった。

この子守歌を詳しく述べたのは、劇がこの部分から異次元のレベルへ突入していくからである。このあと、〈母親〉が息子を連れて結婚の申し込みのために娘の父親に会いに行く場面や結婚式の場面などが展開していくことになるが、観客はこの子守歌を通して提示された世界観を、通奏低音のように常に感じながら観ていくことになる。

そもそも、この劇のような物語展開を創作する場合に、平凡な作家であればロルカのようには作らない。もっともありがちな展開を想定するなら、「娘と〈レオナルド〉の愛と別れ、〈レオナルド〉の未練、〈花嫁〉と〈花婿〉の出会いと結婚の約束、密かに進行する逃避行の計画」と、時系列で進むはずだ。そうはしないところに、ロルカのモチーフが表れている。一直線に流れる時間にそって進む経緯が問題ではないのだ。登場人物それぞれの「存在の形」こそが大事なのであり、それを鮮明にするためにこそ、それぞれの場面があるのだ。劇は一見メロドラマの構図[9]をとりながら、メロドラマではけっしてありえない。若者たちひとりひとりの決断と行動にいかなる外的な強制もなかったということは、すでに述べた。それ以外にも重要な点がある。ひとつは〈レオナルド〉が娘との離別を受け入れて妻帯し、赤ん坊までいること。もうひとつは、神を前にした結婚の誓いの前でなく、後に花嫁をさらっていること。結婚をめぐる騒動を劇化した多くの作品が書き継がれているが、このような設定はおそらく、空前絶後であると思われる。この劇は、実際に起こった事件を題材に使っているが、その実際の事件ももちろん、愛の争奪に関係する三人はみな独身であり、結婚の誓いの前に男は花嫁を誘い出している。

とくに、「神との誓約」の後に〈花嫁〉を連れだしていることに注目したい。結婚の際の「神との誓約」の重さに日本人はあまり気づかないが、カトリックの国スペインでは絶対的なものである[10]。たまたま連れ出すタイミングがなかったから「誓約」の事後になったとか、皆が油断するから事後をねらったとかいうことは、日本ならいざ知らず、スペインではありえない。神との誓約は、良心の根源、存在の意味にかかわることだからである。そのことを踏まえれば、〈レオナルド〉が「誓約」の事後に行動を起こしたことは、確信犯と考えなければならない。〈レオナルド〉は、スペインの共同体がもつ倫理や論理にいざとなれば拘束されないのである。そして「神との誓約」が行われ〈花嫁〉が正式に〈花婿〉の妻となった直後に、その〈花婿〉から妻を「奪う」という行動こそが、〈レオナルド〉にとってはもっとも重要だったのである。

ふたりの逃避行は、「真実の愛」ゆえの行動だったのか？

そう考えるのは、間違いである。もともと「恋愛」という概念は、近代社会がもたらした幻想に過ぎない。近代的恋愛観でこの物語を解釈することはできない。たしかに恋愛感情は〈レオナルド〉と〈花嫁〉の間にあっただろうが、逃避行という行動の決定的な動機はそれではない。〈花嫁〉の動機は、すでに述べた。〈レオナルド〉の場合を見ておこう。

〈レオナルド〉は確かに娘との別離をいったんは受け入れた。それゆえ妻帯もし、子ももうけたのである。しかし彼には娘に対する捨てきれない未練があった。妻も姑も娘の父もみな定住者である中で、その娘だけが漂流者としての魂を持っていたからである。子守歌の場で〈レオナルド〉は初めて、娘に結婚話が進んでいることを知る。ここで彼は図らずも、自分の内面を暴露している。〈レオナルド〉の、「あの娘は、信用できない」という発言は、「娘は自分を裏切った」という意味である。娘が自分と別れて漂流者の魂を持つ他の相手と結ばれたのだったら、〈レオナルド〉も受け入れることができただろう。しかし娘が選んだのは、定住者のなかでもっとも成り上りつつある成功者である。〈レオナルド〉にとってそれは、恋人を奪われることと同じである。しかも相手は、自分の親族を牢獄に追いやった一族である。だから〈レオナルド〉の立場から見ると、〈花嫁〉をさらうことは、奪われたものを奪い返すことに過ぎなかった。そのためにはどうしても、「神との誓約」の後でなければならなかったのである。

ついでに言っておけば、〈レオナルド〉を含むフェリクス家と〈花婿〉一家との争いは、宿怨の一族同士の争いというよりは、「欲しいものは自分のものにする」漂流者一家と、日々の労働の積み重ねによって富を育む一族との争いであったのだろう。だから、同じ境遇でライバル同士であるために覇権を争って宿敵となった二家族の争いという、昔からよくある話とは別物である。

それにしても〈レオナルド〉に成算はあったのだろうか。これがもし日本であったら、「海」は行く手を阻む巨大な「壁」であり、ふたりに逃げ場はなかったであろう。しかしスペインでは、「海」はスペインというテリトリーから脱出してあらたな土地へ向かう脱出口であった。そのような裏ルートを〈レオナルド〉は知り尽くしている。港まで行けば、ふたりには新しい人生が待っていたのである。

その港へ通じる道と、〈花婿〉たちが暮らす山のふもとの平地を分かつ境界線にあるのが、「森」である。森は、定住と漂流を分かつ境界でもある。そこを支配するものは、平地を支配するものでも港を支配するものでもなく、全く別のものである。すなわち生と死を支配する、「月」と「老婆」である。〈レオナルド〉や〈花婿〉たち、登場人物それぞれの心をとらえているものは、所詮「現在意識」、「現在の感情」にすぎない。ロルカは現実の社会や、その流動しさまざまに衝突する姿をリアルなものとして押さえながら、それらの「現在」が過ぎ去った後になお時間を越えて貫かれる宇宙的な秩序を、森の中に描き出している。最後の場での象徴的なシーン、娘が赤い糸球を繰る場面でも、赤い糸球とは太古より受け継がれてきた生命の流れを意味している。それが少しづつ赤い球へと繰り込まれていくのだ。

振り返ってみると、〈花婿〉は農業を近代化して時代の波に乗ろうと努力して来たが、逃げた妻を離縁して再出発しようとはせず、旧社会の掟に殉じるかのように追手に出た。これに対し、「あの人は飛び回るのが好きなの。これからあれへと。ようするに、ひとつことに腰を据えることができない人なの[11]」と妻にいわれた〈レオナルド〉こそは、今から見れば自由主義の精神にもっとも近かったのではないか。あるいは、利益より誇りを大切にする点で、アナーキストになったかもしれない。

ロルカは『血の婚礼』を通して、近代化が進行する中で共同体が揺らぎ解体していく過程を、さまざまな存在の形を明らかにしながら、一個のドキュメンタリーとして描いた。そのうえで、そこに生きている人々が死に絶え、世の中がどのように変貌しようとも在り続ける宇宙的な秩序も同時に描き出した。だからこそ今でも、この作品は「古典劇」として人々の間に生きているのである。

注

(1) 木下順二のヨーロッパ観劇報告（木下順二「パリのロルカ」『ぶどうの会通信』一九五六年）、朝吹登水子「パリで観たロルカの芝居」『新劇』一九五六年七月号など。

(2) «Juego y teoría del duende» en: García Lorca, Federico, *Obras Completas Tomo III*, (Edición de Miguel García-Posada, Barcelona, Círculo de lectores, 1997), pp. 150-162.

(3) フラメンコ歌手、パストーラ・マリーア・パボン・クルス（一九八〇～一九六九）は〈櫛の娘〉ラ・ニーニャ・デ・ロス・ペイネスと呼ばれていた。

(4) ちなみに築地小劇場の第一回公演は、前衛的なドイツ表現主義の傑作である、反戦劇の『海戦』であった。

(5) この劇の配役は、レオナルド以外は一般名称の「母親」「花嫁」などであるから、役名と一般名詞を区別するために、〈母親〉〈花嫁〉などと表記する。

(6) 牛島信明訳『血の婚礼 ロルカ三大悲劇集』（岩波文庫一九九二年）三八頁。

(7) スペインは伝統的に移民の送り出しや受け容れに積極的であり、ラテンアメリカ諸国出身者に対する査証免除措置やスペイン国籍付与などの法的優遇措置が二〇世紀末まで存在していた。現在でも、他近隣諸国のように目立って移民排斥運動が大規模化する様子は見られない。（深澤晴奈「スペインの移民政策とラテンアメリカ出身移民―その実態と背景としての法的優遇―」『社会科学』第四十六巻 第一号二〇一六年 同志社大学人文科学研究所）

(8) **niño** の原イメージは、ロルカの『タマリット詩集』に数多く描かれている。

（9）宿怨の家族同士の対立、別れた恋人同士の恋の再燃、誇りをかけた男同士の決闘と死、残された女たちの涙、…という具合である。

（10）一九六七年制作の映画『卒業』でも、ダスティン・ホフマンが花嫁を式場から連れ去るのは、「神との誓約」の前である。

（11）牛島信明訳『血の婚礼 ロルカ三大悲劇集』（岩波文庫 一九九二年）七八頁。

（ひらい・うらら　同志社大学非常勤講師）

●研究ノート

カタルーニャの分離独立は「夢」で終わるのか？

牛島 万

はじめに

分離独立は、果たして、カタルーニャの「夢」なのか、これまた「現実」なのか。つまり、「夢」を「夢」と知らずに、現行の闘争過程における自らの「栄誉」に陶酔してしまっているが、やがて、その「夢」から覚めた暁に、はじめて、これまでの全てのことが「夢」であったことを悟るのか。人の世の栄華は、迷える幻影に過ぎず、結局のところ、夢の如く実体がなく、さ迷い続け滅ぶ。われわれは、「胡蝶の夢」に似通った、カルデロン・デ・ラ・バルカの『人の世は夢』（一六三五）での語りをつい想起してしまうのである。本稿では、カタルーニャの分離独立は、現行において、実は、すでに「夢」であることを認識しつつあるが、まだ「夢」を追い続けたい、「夢」から完全に覚醒することを拒否し葛藤している、カタルーニャ人民のあるべき姿について、筆者の見解と今後の予想される動向について論じてみたい。

Ⅰ カタルーニャの独立の根拠とされる歴史性

歴史は過去と現在を結び付けるもの、否、現在を越えて、過去と未来を結び付けているのかもしれない。しかし、それは、ときに、人間の恣意的な考えによる歴史解釈である場合が少なくない。また、「歴史」というが、いったいどこまでさかのぼるべきなのかは、きわめて論者の「恣意性」によるところが大きい。昨今、世間を賑わせている「カタルーニャ」の独立問題であるが、カタルーニャはかつて「独立国」であった、という歴史的事実から、独立の正当性を主張する見解がある。この独立国とは、一〇世紀（九八八年）に独立を宣言した、カタルーニャ伯領（**Condados de Cataluña**）のことであろうと理解する。この領域は、カロリング朝支配下のヒスパニア辺境（**Marca Hispánica**）とほぼ同域である。要するに、アンドラやフランス領域のロセリョン **Rosellón**（カタルーニャ語で **Rosselló**, フランス語で

Roussillon）を含む、いわゆるカタルーニャ・ビエハ（Cataluña Vieja）の領域であり、現在のカタルーニャ州の領域とは根本的に異なる。フランス領やアンドラを含んでいることが、他国の領土保全を脅かすことになり、現代国際法では、これは認められない。従って、ウティ・ポシデティス・ユリス原則により、領域の異なる、かつての独立「国」、カタルーニャ伯領を引き合いに出すことは、現在のカタルーニャ州の独立要件にはならない。領域が異なる、過去の歴史上の「独立国」を引き合いに出すことは、実効性に欠けるからだ。その後、カタルーニャは一一三七年にアラゴンとの連合王国を樹立したため、カタルーニャ伯領としての独立はわずか一五〇年間にすぎなかった。従って、「歴史」を切り離し、領土保全の原則とウティ・ポシデティス・ユリス原則により、現在のカタルーニャ州と同じ領域と境界線を要件とするべきである。

　三十年戦争（一六一六～四八）から波及したフランスとスペインの戦争において、カタルーニャの帰属が問題となったが、一六五九年のピレネー条約後、今日フランス領域の、ルサリョー、クンフレン、ヴァリャスピー、サルダーニャ北部はスペインから割譲されたが、その後、一七一六年までの約半世紀のカタルーニャが、現在のカタルーニャ州の領域とほぼ同じとなる。ただし、カタルーニャ国の完全独立は史上成立したことはない。それは、カタルーニャ国が、連合国家の枠組みのなかで存在し続けたからである。

Ⅱ　マドリード中央政府による「抑圧」の歴史

　次に、独立の正当な理由として、よく引き合いに出されるのは、カタルーニャに対するスペイン中央（マドリード）の「抑圧」の歴史についてである。その前に、カタルーニャはバルセロナを中心とする自治の歴史があったことを明らかにしなければならない。今日の自治政府（Generalitat）の起源は、一四世紀後半のアラゴン・カタルーニャ連合王国の時代のバルセロナ議会（Diptació del General）にさかのぼることができる。同機関は、通商税を徴収していた。一四一〇年にバルセロナ商館の廃止にともない、バルセロナ議会はより権力を拡大していったが、やがて、一四六二年から一四七二年の紛争で、その弱体な寡頭支配的構造を露呈することになった同議会は、やがて王権に服することになった。その王こそ、アラゴン王のフェルナンド二世であった（Ghai & Woodman 2013: 229）。

　しかし、ハプスブルク家の諸王は国会を召集することも少なかったため、バルセロナ議会の権力は増大していった。フェリッペ四世のジェネラリタ Generalitat への圧力が増すと、やがて、三十年戦争の最中の一六四〇年には、重税に反対する民衆による暴動が勃発した。同年のセレー協約（Pact de Ceret）により、カタルーニャはカスティーリャを見捨てて、フランスの庇護の下に入った。一六五九年のピレネー条約により、ふたたびカタルーニャはスペインに帰属する。以降、ジェネラリタの勢力は衰退し、王権に従属するようになっていった。

　一八世紀初頭のスペイン継承戦争で、カタルーニャはイギリスなどとともにハプスブルク家を支持していたが、結果、これに敗れたカタルーニャは、ジェネラリタやバルセロナ議会（Consell de Cent）は廃止され、その自治権を剥奪され、カタルーニャ語の使用も禁じられたのである（Ghai & Woodman 2013: 230）。他方、ブルボン朝下のカタルーニャは、新大陸貿易に参入することが許され、皮肉にも、それまで以上の繁栄を極めたのであった。その後、一九世紀初頭のスペインのナポレオン支配により、スペインの絶対王政が一時的に中断されるが、同世紀を通じて中央集権化が強化されていった。他方、自由主義の風潮も高まっていった。カタルーニャは一八三三年、バルセロナ、レリダ、ジェロナ、タラゴナの四つの県に分けられた。しかし、一八世紀半ば以降から一九世紀にかけてカタルーニャで繊維工業による経済的繁栄を謳歌し、同時に文化的にも一九世紀前半にカタルーニャ・ルネサンスが、さらに一九世紀末にはガウディーやドメネック・イ・モンタネー等の建築などに見られるカタルーニャ・モデルニスモが起こった。この過程で、カタルーニャはその独自性を政治制度の改革につなげようとした。カタルーニャの保守的民族主義派は、一八八七年にカタルーニャ連盟を結成し、一八九二年にマンレサ基本法（Bases per a la Constitució Regional Catalana）という将来的憲法の綱領を発布した。そのなかで、カタルーニャ語の公用語化、およびカタルーニャ軍の創設に関する条項がある。その後、カタルーニャの自治をめぐる政治的発展は、一九一四年のマンコムニタ（Mancomunitat）を結成するに至る。他方、カタルーニャの場合は左傾化の動きがみられた。カタルーニャ地方の工業的発展は、農村的、伝統的なカスティーリャと大きく格差をつけ発展したが、カタルーニャには工場労働者の組織化が見られ （一八七〇）、さらには急進派による、社会主義やアナルコサンジカリズムの拠点と化していった。反面、カタルーニャのブルジョアたちは保守的であったため、急激な左傾化を懸念していた。その折衷策として、二〇世紀に入り、カタルーニャは自治権を求めるようになっていった。これを阻止しようとしたのが、プリモ・デ・リベラ（Miguel Primo de Rivera）の軍事独裁であったが、これにより、マンコムニタは解散させられ、カタルーニャ民族主義派と左翼である社会主義者の間に連携が強まっていった（Ghai & Woodman 2013: 230-231）。

一九三一年の第二共和制の誕生をもって、カタルーニャでは、マシア（Francesc Macià）を中心に、イベリア連合の一国としてのカタルーニャ共和国（República Catalana）の樹立を宣言した。こうしてカタルーニャの自治が認められ、ジェネラリタも復活した。一九三一年半ばまでにヌリア憲章（Estatut de Nuria）が起草され、九九・四五%のカタルーニャ市民の賛同を経て（投票率は七五%）、一九三二年九月九日にこれはスペイン議会で承認された（Ghai & Woodman 2013: 231）。マシア死去後、ジェネラリタの首相コンパーニス（Luis Companys）によって、スペイン連邦共和国のなかのカタルーニャ州（Estado Catalán）の樹立が宣言され、カタルーニャの自治が確立した。しかし、一九三六年の内戦勃発により、これが中断、内戦後はフランコ（Francisco Franco）体制下でカタルーニャは再び抑圧を受ける。

この反動こそが、一九七八年現憲法以降の民主化であった。ただし、これは中央政権が選択したスペイン再生の道であった。カタルーニャは、バスクなどと並んで、自治権が認められ、カタルーニャ語の公用語化が許された。カタルーニャの場合は、当初から最高レベルの自治権が許されてきた。しかし、その後もカタルーニャは自らの自治権の拡大を図り、中央政府がこれに妥協してきた。すでに、カタルーニャの自治権は相当以上に認められてきたが、そのさらなる拡大こそが、今日的問題となっているのである。国家実行として、自決権が認められていないという、カタルーニャ側の主張は通用しないからである。むしろ、逆に、カタルーニャの動向は、領土保全の原則を脅かすものとみなされ、むしろ、国家への反逆罪（内乱罪）を条文内容に挙げている一五五条が適用されることとなるのである。国際法において、自決権は支持されているが（ウィーン宣言および行動計画二条、国際人権宣言規約一条）、決して、領土保全の原則を犯すものであってはならないのである。

二〇一七年一〇月一日に強行的に独立の是非をめぐる住民投票が実施されたが、その際に、国の「武力」介入で、八〇〇人以上の負傷者が出た（*El Mundo*, 1 de octubre de 2017）。現段階、この問題に端を発する抗議デモや論争は起こっていないが、その後の展開次第では、かえって中央政府の汚点となる出来事であった。つまり、この反政府デモが拡大し、継続していた場合、別の問題が起こってくる可能性が高い。それは、領土保全の原則があるとはいえ、その維持のための武力介入は、国連憲章の大原則に違反するものであるからである。また、ＥＵ憲章にも民主主義の確立という要件が掲げられている。非公式の住民投票で「民意」を問うことが違法ならば、これが公式の住民投票であれば、認められるのであろうか。住民投票の結果をもって、即、独立が認められるわけではない。住民投票自体には、独立承認の法的効力はない。にもかかわらず、住民投票の実施すら、内乱罪の対象とされてしまっていることが問題なのである。しかしながら、中央政権の暴力的介入があり、それにより多数の犠牲者が出て問題が拡大、長期化される場合、一国内の問題として黙視するわけにはいかない場合もある。その波及を懸念する国連やＥＵの干渉は、考えられるシナリオではある。この場合、自決権の尊重や人道的配慮という観点が、国際社会の干渉を正当化させる要因となるであろう。

しかし、改めて想起しておかねばならないことは、自決権は国際法で認められている権利であるが、自決権のなかに分離権が含まれているわけでもないし、自決権が認められない場合、分離権が主張できるという法的根拠は全くない。自決権は国際法で認められている人民の権利であることは定かであるが、分離権は国際法では植民地過程における、いわゆる旧宗主国からの独立が、自決権との関係で認められているにすぎない（植民地独立付与宣言、友好関係宣言、国際人権規約の共通第一条）。内的自決権が認められない場合、外的自決権（分離独立）が許されるとする、いわゆる「救済的分離権」に関しては、法的解釈の分かれるところである（牛島 2015: 107-119）。

Ⅲ　一二月二一日選挙結果をめぐって

その点で、一二月二一日に実施された自治州議会選挙では、独立派が巻き返しに出た。一〇月一日に独立の是非をめぐる住民投票が強行的に実施されたが、その実施にめぐっては、スペイン中央政府は再三、「違憲」であることを通達してきたが、そのうえでカタルーニャ政府が実施したことにより、その住民投票の実施を阻止するべく、国の「武力」介入で、八〇〇人以上の負傷者が出たと伝えられている。他方、ＥＵは、目下、その解体の危機を助長するカタルーニャの分離独立に対して中立の立場を堅持している。

ところが、問題は、前回の非公式の住民投票の投票率が四割程度で終わっていることから、民意は反映されていないと批判されたが、一二月二一日のカタルーニャ州議会選挙では、投票率は八二％となり、かつ、独立派である**Junts per Catalunya**（三四議席）、**ERC-CatSí**（三二議席）、ＣＵＰ（四議席）により、全一三五議席の半分の六八議席をわずかに越えた七〇議席を獲得し、前回（二〇一五年）より二議席を減らしたが、独立派がかろうじて多数派となっている。この選挙結果を評価すれば、独立派にとって一歩前進となった。かつ、国民党（ＰＰ）は三議席にとどまったことは、現ラホイ政権（**Mariano Rajoy**）に対する批判の結果と看取できる。期待されていたシウダダノスは三七議席であった。つまり、独立派が全議席の過半数以上を占めているが、独立派が優勢になったという評価は短絡的である。シウダダノスが最大の議席を獲得し、カタルーニャの独立の賛否をめぐって、完全に両極化したことがわかる（*El País*, 21 de diciembre de 2017）。むしろ、独立派のなかの主張の違いや、独立派と反独立派が互角であることには変わりなく、引き続き、厳しい状況にある。ただ、前向きに評価すれば、独立派の「夢」は現段階で閉ざされていないということである。

Ⅳ　独立志向は夢物語なのか

カタルーニャの独立運動は、ロマンティシズム的様相を帯びたものといえよう。もともとロマンティシズムとは、一八世紀末から一九世紀前半の産業発展による近代化の過程で、いわゆる合理主義に対抗し、個の自我や感情、民族意識などを重視したヨーロッパに興った一連の芸術思想のことであるが、今日のカタルーニャの独立運動の根底にはこの精神が流れていると思われる。カタルーニャは歴史上、その自民族意識や、カタルーニャ語の使用や自治権が厳しく禁じられ、「弾圧」を受けてきた時代が長かった。スペインは産業革命が起こらなかった国、と俗に言われるが、例外的にカタルーニャのバルセロナでは産業革命の、少なくともその萌芽的な基盤までは出来上がっていた。その証拠に、バルセロナは、左翼労働運動の拠点の一つとして発展し、とりわけアナルコサンディカリズムを標榜するスペイン国民労働連合（ＣＮＴ）が一九一〇年に発足したのも、まさにバルセロナの地であった。そしてその後のスペイン内戦（一九三六～三九）でも、カタルーニャは、人民戦線側の東の拠点として、激しい内戦が続けられた地域であった。保守派の軍人フランコが内戦で勝利し、その約四〇年にわたる独裁制（一九三九〜一九七五）において、カタルーニャは、バスクも同様であるが、民族のアイデンティティの証でもあるカタルーニャ語の使用は禁止され、反逆者は内戦終結後のフランコ体制においても粛清され続けた。

一九七五年のフランコの死去と同時に、スペインの民主化が始まるが、カタルーニャにおいては自治権が認められた。ただし、当然のことながら、マドリードを中心とする中央集権制という国家の枠組みのなかにおいてであった。従って、フランコ死後の現代スペインにおいて、カタルーニャは、「戦略的」に、自治権の拡大を求めてきた。この過程で、つねにスペインという国は、中央と地方、マドリードとバルセロナの対立と交渉、駆け引きのなかで政治関係が成立してきた。経済的には、カタルーニャは、スペイン全国の国内総生産の一九％を占め、スペイン自治州のトップである（二〇一六年）。しかし、二〇〇九年のギリシア財政危機に端を反する形でEU危機が到来し、スペインにおいてもバブル景気が後退し、その歪の実態が浮き彫りになった。すでにカタルーニャでは、二〇〇六年のカタルーニャ自治憲章の改正が、スペイン憲法裁判所に違憲と判決され、中央政府に対する不満が高まっていたが、さらにここにきてEU経済危機が加わり、「分離独立」という動きが高まる要因となったのである。従って、歴史を紐解くまでもなく、この度の分離独立騒動の直接的な原因は、EU危機であり、それと同時期に起こったカタルーニャ憲章の違憲判決である、と筆者は考える。これに従来のロマンティシズムが加わったために、一気に独立運動が高揚したとみている。

また、ロマンティシズム的様相が濃いとみられる別の理由として、仮にも独立できたとして、その後の「カタルーニャ国」の行方がほぼまったく想定されておらず、将来のヴィジョンが見えないことである。EUからの除名、スペイン（マドリード）との関係、その他、フランス・ドイツをはじめ、EU加盟国との関係について、概してデメリットを強調する世論があるにも関わらず、独立派はこの点には触れずに、独立することが到達目標のように、まるで「夢物語」を追っているようにもみえる。おそらく、独立反対派にはこの点に危機感をもっている者が含まれているのであろう。

そして、決定的な事件が起こった。その一つは、スペインの裁判所は一一月一六日、カタルーニャ独立運動を主導してきた団体の指導者である、カタルーニャ国民会議（ＡＮＣ）代表のジョルディ・サンチェスと、「オムニウム・カルチュラル」の指導者ジョルディ・クイシャルトの釈放と自由を求めて二〇万人以上のデモが起こったことである。さらに、もう一つは、二一日に開いた臨時閣議で、カタルーニャ自治州の自治権の一部を停止する方針を決め、今後、上院の承認を得て、中央政府の権限で州議会を解散し、六ヶ月以内に議会選を実施することを明らかにしたことである。これらが、またしても独立派を高揚させる契機となったといえよう。カタルーニャでは反対デモが展開されたが、プッチダモン（Carles Puigdemont）ら閣僚たちがブルッセルに亡命したことをもって、カタルーニャの独立派の支持を失うかと思いきや、むしろ、事の展開は逆行した。

自治権の一部停止、つまり、それは現状のカタルーニャ自治州の置かれている状況よりも最悪なシナリオになることを意味している。ここにきて、事案は、大きく、転換したと筆者は考える。換言すれば、問題は、独立の是非ではなく、民主主義や自決権の問題にまで発展したのではないかと思う。本来、独立志向者でなくても、カタルーニャの民主主義を、スペイン中央政府が剥奪するというシナリオに対し、カタルーニャ市民が一致団結して戦う姿勢を示しているようにも思える。もはやロマンティシズムは、理想的な「夢」物語の話ではなくなってきた。まさに、現実的な問題として、カタルーニャ市民に直面してきているのである。ラホイ首相が、まるでかつての独裁者フランコの継承者のように映し出され、スペインが、ヨーロッパの半周辺国から未だ脱することのできない、民主主義の質に極めて問題のある「仮面国」としての刻印を再び押されかねない状況に置かれている、といえよう。そして、それが暴徒化を増せば増すほど、スペインとEUとの関係に支障が出てくるであろう。現状では、カタルーニャの問題はスペイン国内問題として、EUは不干渉の立場を表明しているが、今後の情勢次第で、EUの介入は全く可能性のない話ではないと思われる。カタルーニャ問題が、民主主義の問題に化すことは、この問題が平和裏に解決される最も可能性のあるシナリオとなるだろうし、実際に、それに期待する。そうでなければ、スペイン中央政府のラホイ政権が、民意を反映させる重要な政治的手続きである住民投票を、「違憲」の名の下に、暴力的に弾圧し、さらに、スペイン憲政史上はじめて憲法一五五条を違憲理由に用いて（EU諸国の各国憲法にそれに相当する条項があるが、実際にそれを違憲理由にしたという歴史がないのである）、カタルーニャのすでに既存の権利として成立している自治権を剥奪することが、スペイン国内法で正当化されても、EU法が民主化条項を重視している限り、これを黙認し続けることはできないのではなかろうか。カタルーニャの独立は未完で終わり制圧できたとしても、スペイン国の民主主義の質が、とりわけEUや国際社会から批判される可能性は大である。これは、国際社会からは、ヨーロッパの後発国として再び「周辺化」されることを余儀なくされることだけにとどまらない。国内の分裂の危機も惹起するほどの危険性を有している。国内野党からの政府批判として絶好の材料とされる可能性が十分にある。今後の総選挙で、PPの敗北が予期される。他方、今のところは、言動を控えているが、バスクはどう出てくるか。きわめて事態は予断を許さないのである。

V　カタルーニャ民族から見た独立運動―結びにかえて

国内法や国際法で認められないからといって、カタルーニャの分離独立志向という現実を完全に、暴力的に駆逐することは、当の独立派、少なくとも過半数に達している彼らの自決権を完全に無視していることになり、これはこれで問題である。事態を重く受け止めなければならない。二〇一〇年の、二〇〇六年カタルーニャ憲章の違憲判決、及び同時期のスペインを襲ったバブル経済の煽りを受けて、カタルーニャは最大の自治権を与えられておりながら、かなりの不満をカタルーニャ人民の多くが感じているという現実を無視はできない。その究極が独立運動であったと看取できる。自決権を剥奪することは、中央政府による憲法一五五条の適用を覆す法的根拠にもなりうるのである（松島 2015: 94-95）。そのために、独立派の方も中央政府との「対話」を重視しているのである。従って、中央政府がこれまで通り、その「対話」を無視し続けることは、長期的には不可能であろう。

そこで、再度問わねばならないことは、一二月二一日の州議会選挙の結果である。独立派の議席が過半数を若干超えたこと、とPPが三議席しか取れなかったことである（二〇一五年州議会選挙で一一議席）。カタルーニャがスペイン中央政府から距離を置いていることがわかる。他方、独立諸政党は全投票の四七・五%を得たにすぎず、過半数を割っていることである（*El Confidencial.* 21 de diciembre 2017）。シウダダノスは三七議席を獲得しており、反独立派が同党に投票したことがわかる（二〇一五年州議会選挙のときは二五議席）。二〇一八年一月一七日現在で、カタルーニャの独立諸政党は、帰国が認められないプッチダモンを、また、収監されているERC（カタルーニャ共和主義左翼）のウリオル・ジュンケラス（Oriol Junqueras）を、カタルーニャ州議会の首相候補に擁立できず、三八歳の若きERCのトレント（Roger Torrent）を州議会議長に選出するに留まっている（*El País,* 17 de enero de 2018）。

トレントはプッチダモンを首相候補として支持しているが、前途は混迷を極めている。その矢先に、三月二五日、プッチダモンがドイツ警察に拘束されたことを受け、バルセロナでは、彼の釈放を求める大々的な市民の抗議活動が高まっている（その後、釈放されている）。

カタルーニャがスペインに帰属したのが自由意志によるかどうかは別として、国家と人民の関係において、主権が後者にあるのであれば、本来、ルソーの社会契約論的な契約関係に相当するのではないのか。グローバル化した国際社会において、別の国の永住権、市民権を取得する自由が許されているなかで、国民国家という「縛り」が、大多数の人民にとって、不具合で不満や不安を感じるのであれば、その「契約」を終了させるという発想もあっていいのではないか（三輪 1978: 276）。また、政変や民族紛争により、ユーゴスラビアは解体され、コソボは事実上独立しているように、特別の政治的事情により、例外は時として認められることも少なくない。国境線は永遠であるという発想自体がもはや古いのかもしれない。

併せて、独立を他国により承認されなければならない。その意味で、スペインからの強行的な分離独立は、独立後の社会、外交関係を考えた場合、不都合が生じてくる場合が少ない。現に、国際社会は、カタルーニャの独立を承認していない国が大半である。加えて、軍事である。かつて、キューバ、プエルトリコ、グアム、フィリピンなどがスペインから独立したとき、米国軍の侵略を受けた。第二次世界大戦後、自由連合のパラオ共和国、ミクロネシア連邦、マーシャル諸島共和国、あるいはコモンウェルスの北マリアナ諸島などは、条件付きの独立や自決権を有するに留まっている。

カタルーニャの独立派の多くがカタルーニャ生まれのカタルーニャ人であろう。カタルーニャには二割弱の外国人がおり、また非カタルーニャ人のスペイン人にも「開かれた」カタルーニャ国でなければならない。カタルーニャ語の公用語化についても、これまで同様、カスティーリャ語を主とする二言語公用化にするのが現実的であろう。

最後に、スペイン中央政府の脱中央集権化から中央集権化への強化と、カタルーニャの自治権の拡大、その先には単一独立国という野望があるのだが、今日、スペインでこの両極化が進んでいることが、きわめて懸念される。バスクの野望とカタルーニャのそれが同一ではないことも、今後の進展にどのような影響を与えるのであろうか。スペインの自治州制度自体の危機が予想される。今、スペインはすでに新しい時代への過渡期に入っているのかもしれない。

注

（1）一八七八年のカタルーニャ法典（憲章）Los Fueros de Cataluña をみると、これは、現在のカタルーニャ自治憲章の起源となるものと考えられるが、その第一条では、カタルーニャにおける言語はカタルーニャ語のみである、と規定されている。また、カタルーニャの領域には、フランス領のカタルーニャ地域であるルサリョーやサルダーニャ、およびバレンシア（Reino de Valencia）やマジョルカ（Reino de Mallorca）が含まれるとしている。さらに、カタルーニャの軍事はカタルーニャ自身で担う、という条項もみられる。

参考文献

Ghai, Yash and Sophia Woodman, eds., *Practising Self-Government: A Comparative Study of Autonomous Regions*, Cambridge, Cambridge University Press, 2013.

Nagel, Klaus-Jürgen and Stephan Rixen, eds., *Catalonia in Spain and Europe: Is There a Way to Independence?*, Baden, Germany, Normos Verlangsgesellschaft, 2015.

"Consulta los resultados de las elecciones catalanas 2017," 21 de diciembre de 2017, *El País*
https://elpais.com/ccaa/2017/12/21/catalunya/1513889253_907059.html
（最終アクセス二〇一八年一月二〇日）

"Referéndum de independencia en Cataluña: al menos 800 heridos por la actuación de la policía para evitar la votación," BBC Mundo, 1 de octubre de 2017
http://www.bbc.com/mundo/noticias-internacional-41453357
（最終アクセス二〇一八年一月二〇日）

"Puigdemont empuja a ERC a otro choque con el Estado: El independentismo se asegura el control de la Mesa al conseguir cuatro de los siete puestos," *El País*, 17 de enero de 2018.
https://elpais.com/ccaa/2018/01/17/catalunya/1516185936_420779.html

（最終アクセス二〇一八年一月二〇日）
"21-D en Cataluña: ¿Qué partidos y candidatos se presentan a las elecciones?" *El Confidencial*, 21 de diciembre de 2017.
https://www.elconfidencial.com/espana/cataluna/elecciones-catalanas/2017-11-13/partidos-candidatos-21d-21diciembre-elecciones-cataluna_1476536/
（最終アクセス二〇一八年一月二〇日）

牛島万「カタルーニャ分離独立をめぐる相克とその行方」（坂東省次 監修、牛島万 編『現代スペインの諸相―多民族国家への射程と相克』明石書店、二〇一六年 所収）。

――「人民／民族の自決権と国家形成をめぐる国際法上の相克と限界―スペイン・カタルーニャ分離独立の行方を分析する一視座として―」（京都外国語大学二〇一五年一月所収）。

田澤耕『物語 カタルーニャの歴史』中公新書、二〇〇〇年。

松島泰勝『琉球独立宣言―実現可能な五つの方法』講談社文庫、二〇一五年。

三輪公忠『共同体意識の土着性』三一書房、一九七八年。

（うしじま・たかし　京都外国語大学准教授）

●エッセイ

エスキビアス

野呂 正

二〇一五年、『ドン・キホーテ』後篇出版四〇〇周年を記念して、セルバンテス文化センター東京において、ドン・キホーテあるいはセルバンテスを主人公とする映画が何週かにわたって上映された。いずれも、言わば、一級品に属する優れた作品だったが、個人的に最も深い感動を覚えたのは『セルバンテスの雌鶏』(アルフレド・カステジョン監督：一九八八年)だった。二〇年程前、作品の舞台となったエスキビアスを訪れたという個人的体験と、作品がセルバンテスの生涯の中でもあまり光を当てられていない、同地での彼の結婚生活をあえて取り上げたということが感動の主たる源泉であった。

マドリードからトレドに向かう高速道路の中間から東に折れて、一般道路を八キロほど進むとエスキビアスに至る。人口四千ほどの小さな町である。その歴史は一二世紀にまで遡る古い町ではあるが、トレドあるいはさらに東に二〇キロほど進んだところにあるアランフェスのような有名な観光地ではなく、そのまま素通りしてしまう人が大半であろう。しかしセルバンテス、また彼が後世に残した名作『ドン・キホーテ』に関心のある人にとっては、ここは旅の目的地そのものになるであろう。この地でセルバンテスは地元の名家の娘と結婚し、また彼の創造になる不滅の人物、ドン・キホーテのモデルと推定される人物に出会うことになったからである。

一五八四年九月、セルバンテスはエスキビアスにやってきた。半年ほど前に亡くなった友人、詩人ペドロ・ライネスの遺作を出版するために、遺稿を保持していた未亡人ホアナ・ガイタンのもとを訪れたのである。彼女はエスキビアス出身で、夫の死後、そこに立ち帰っていたのである。三か月後、セルバンテスは地元の名家、サラサール家の娘、カタリーナ・デ・サラサール・イ・パラシオスと結婚した。セルバンテスは三七歳、花嫁は一九歳になったばかりであった。

この親子ほどの年齢差がある二人が結婚に至った事情については、大いに興味をそそられるが、残念ながらほとんど何もわかっていない。ドニャ・カタリーナに関する情報が極めて乏しく、またセルバンテスも彼女について直接的には何も語っていないからである。いつか、どこかで二人は知り合い、互いに好意を抱き、結婚に至ったというほかない。確かなのは一五八四年一二月一二日、エスキビアスの教区教会で二人の婚礼の儀が執り行われたということだけである。

夫婦となった二人はエスキビアスの大地主、キハーダ家の一員、郷士ドン・アロンソ・キハーダ・サラサールの屋敷の一画で暮らすことになる。この郷士はその姓「サラサール」からも推察されるとおり、ドニャ・カタリーナの親戚であり、夫婦が暮らすために、屋敷の一部を譲ってくれたのである。当然、この郷士とセルバンテスの間にも何らかの接触があったと考えられる。

ドン・アロンソは最終的にはトレドの聖アウグスティヌス修道院に修道誓願を立てることになるが、俗世においては騎士道小説の愛読者として知られていた。このような個人情報、また彼の名前、セルバンテスとの直接的な接触の可能性などから、ロドリゲス・マリン、アストラナ・マリンなど多くの伝記作者がセルバンテスはこの人物からドン・キホーテ創造のインスピレーションを得たのだとしている。ドン・キホーテ　前篇第一章で主人公の郷士を紹介するくだりで、セルバンテスは「彼の姓については、キハーダ説もあればケサーダ説もあるといった具合で、この問題を論じている諸家の間で若干の違いがある。ただうなずかせるに足る推定によれば、〈キハーナ〉であったと考えられている」(岡村一訳：水声社)と言い、後篇第七十四章、物語の最後の最後において、死に臨んだドン・キホーテは言う。「みなさん、喜んでください。もはや私はドン・キホーテ・デ・ラ・マンチャではない。日頃の行いから〈善人〉という異名を頂戴していたアロンソ・キハーノに戻りました」(岡村一訳：水声社)このように主人公の郷士の名前をことさら曖昧にしていることの裏には、様々な意図が考えられるが、列挙された名前だけを単純に組み合わせてみれば、そこから実在の郷士の姓名アロンソ・キハーダを得られることも事実である。

この郷士アロンソ・キハーダの屋敷は今でも残っている。二階建ての母屋、家禽や家畜の飼育場になっている裏庭、門構え、鉄格子、金具、梁など、一六世紀の富裕な自作農の屋敷の建築構造を完璧に保持するものとして、一九七一年「カサ・デ・セルバンテス」として「モニュメント・イストリコ」に指定され、その後一九九〇年にエスキビアスの町が公的資金援助を受けて、それまで私有であった家屋を買い取り、様々な修復工事が行われ、一九九四年一二月一二日、カタリーナ・デ・サラサール・イ・パラシオスとミゲル・デ・セルバンテスの結婚記念日に「カサ・デ・セルバンテス資料館」が開設されたのである。

現在、インターネットで資料館案内を閲覧すると、内部には『ドン・キホーテ』の様々な版、世界各国語訳、その中でも最も古いものである一七世紀の英訳本、また一六〇五年の初版の復刻版、牧人小説『ラ・ガラテア』の原版、戯曲『アルジェの生活』の原稿の複製などが展示されている。またセルバンテスの著作だけでなく、一六世紀のエスキビアスの歴史資料、例えば、教区民台帳のコピーなども展示されており、そこにはディエゴ・リコーテ、サンソン・カラスコなど『ドン・キホーテ』の登場人物の名前を認めることができる。

　このような文献の展示だけでなく、この資料館には『ドン・キホーテ』の様々な場面を彷彿とさせるような場所も保存されている。例えば書斎の格子窓の前に立つことができる。そこからドン・キホーテの家政婦が彼の蔵書を中庭に投げ捨て、すべて焼却してしまったのである。また一六世紀の人々の生活がどのようなものであったかを想像させる台所、食器戸棚、敷石で舗装されたパテオ、馬小屋、井戸、土塀、大甕が立ち並ぶワインの貯蔵室などを見ることができる。

　筆者がエスキビアスを訪れたのは、当時の手帳によると、一九九六年三月三〇日である。オラリオの関係で、残念ながら、「カサ・デ・セルバンテス資料館」の内部に入ることはできなかったものの、その外観と周辺の写真を撮っている。屋敷を取り囲む高さ三メートルほどの白壁の塀、その上につき出ている母屋の二階、がっしりとした木材の門、平らに切り取られた塀の一角に掲げられたキハーダ家の紋章とセルバンテスの居住を記念する銘板、近くの公園に立つセルバンテスの彫像、槍を高く掲げたドン・キホーテの鉄製のオブジェ、どこか近くの家の壁に取り付けられた「アロンソ・キハーダ通り」という道路標識。これらの写真を撮りながら、セルバンテスは本当にこの世に生きた実在の人物なのだと実感し、今にも彼が屋敷の門から通りに出てきて、こちらに向かってくるのではないかという気がしたことを懐かしく思い出す。

　確かにセルバンテスはエスキビアスで若い妻と結婚生活を送ることになった。レパントの海戦、アルジェでの虜囚生活など、時代の大きなうねりの中で苦闘してきた後、ようやく静かな田舎町での平穏な人生が始まったかのように見える。しかし現実にはエスキビアスでの二人の結婚生活は長続きしなかった。三年もたたぬうちにセルバンテスはエスキビアスを去り、アンダルシアに赴き、無敵艦隊の食糧徴発係、次いで同地方の収税吏として新たな苦闘を始めることになる。

　二人は離婚したというわけではない。その後一六年にも及ぶ長い別居生活が始まったのである。しかしどうしてこのようなことになったのか？『セルバンテスの雌鶏』はこの問題に光を当てている。この映画の原作は二〇世紀スペインを代表する作家の一人、ラモン・センデールの同名の短編小説であるが、映画の冒頭、セルバンテスとドニャ・カタリーナの教会での結婚式のあと、突然、センデール自身が出てきて、この映画の趣旨を述べる。「セルバンテス夫妻の関係には常に謎があった。それを否定する人はいない。マドリードにおいて、バリャドリードにおいて、彼の妻は彼と一緒に生活しているようには思われないが、それはどうしてなのか？　まるで作家が村の田園風な薄闇の中に彼女を隠しているかのようである。どうして彼女を連れてゆかなかったのか？　セルバンテス学者の中にはそれを知っている人もいるが、しかしいまだに秘密を守っている。私はそれを明らかにする時がやって来たと思う」というのである。そう言いながら、彼は、結婚式が行われている間、教会の床の上をうろちょろしていた多数の鶏の中から、雌鶏を一羽つかまえて、しばし胸に抱いたあと、空中に解き放ち、守られてきた秘密というのは、実はドニャ・カタリーナの雌鶏への変身であることを暗示する。そして実際、映画は彼女が一羽の巨大な雌鶏に変身する過程をたどってゆく。それは彼女が若く、美しいだけに、この上なく痛ましく、またグロテスクでもある。

だが、なぜよりによって雌鶏でなければならないのか、他の変身譚のように、もっと美しい鳥、例えば白鳥であってはいけないのか。彼女の変身の背景に目を向ける必要があろう。

セルバンテスとドニャ・カタリーナの結婚契約書には、新婦のいわゆる持参金として、彼女の財産目録が記載されている。その中にオリーブ林、ブドウ畑などと並んで、当時屋敷の中庭で飼われていた二九羽の雌鶏と一羽の雄鶏があげられている。この家禽が当時どの程度の資産価値があったかは分からないが、ドニャ・カタリーナにとっては極めて愛着のあるものであり、また誇らしいものでもあった。名家のいわゆる箱入り娘として、彼女は教会のミサに出かけるのを除けば、様々な生の営みに触れられる外部世界との接触は禁じられていた。そのような閉ざされた世界の中で、彼女の生への関心は家禽に集中せざるを得なかったのである。その中で彼女の雌鶏への愛着は単なる愛玩の域を越えて、同化への願望になっていったのである。また彼女の母方の血筋も家禽への関心を促すものだった。彼女の祖父は養鶏で成功をおさめ、多額の利益を得たのである。それは一家の誇りとなっていて、彼女にとっては祖父のように鶏を育てて金を儲け、物欲を満たすことが理想だったのである。

新婚の甘美な生活に浸りながら、セルバンテスはやがてドニャ・カタリーナの変身、雌鶏化に気づいてゆく。それは信じがたく、おぞましいことだが、否定しがたい現実だった。

彼女の顔はほっそりし、目は横顔にそれぞれ一つ、鼻孔部が突き出て、尖り、鼻はくちばしの中にあり、耳は髪の毛の下で小さくなり、もうほとんど雌鶏の頭部であった。彼女の発する言葉には雌鶏の鳴き声が混じるようになる。彼が南米のボゴタに住む友人から手紙を受け取ったとき、彼女は「ボボボガターアーからの手紙なの？」と聞くのである。この傾向は時とともに、激しさを増し、ついには彼女の言葉は雌鶏の鳴き声に圧倒され、ほとんど意味が取れないようになってゆく。このような妻の雌鶏化はセルバンテスにとっては思いもかけぬことだったが、最初、彼は同情の念をもって、彼女を優しく見守ってゆく。変身が進んでいるにもかかわらず、彼女はまだ若くて、魅力的だったのである。しかしそれはやがて、彼にとっては悪夢となり、耐えがたいものになってゆく。

ある晩、二人がベッドを共にしていた時、セルバンテスは妻の尻のところに二つの羽が生えているのを発見し、愕然とする。尾羽が生えてきたのだ。その後彼女の雌鶏化は急速に進む。腕は短くなり、羽で覆われ、肌には粒粒ができ、やがて彼は巨大な雌鶏を前にすることになる。それはまさに悪夢としか言いようのないもので、彼は嫌悪と恐怖にかられる。彼はそんな彼女を見るのが嫌で、夜は彼女とは別の部屋で寝ることにしたのである。

このような状態の中で、ある朝、ひとつの事件が起きる。鶏の囲い場が何者かに襲われたのである。侵入者は鶏たちが大騒ぎする中、一羽の獲物も奪えず、猛スピードで逃げ去ったが、一羽の雌鶏をひどく傷つけたらしく、その犠牲者が、悲しげな声をあげ、血まみれの羽を引きずっていた。直ちに犯人を特定する議論が始まる。界隈をうろつきまわっている猫だ、いや鷹だ、虎だと様々な意見が出るが、らちが明かず、事件そのものはうやむやの内に忘れられてしまう。しかし鶏たちにとっては、事件は終わりではなかったのである。後日、セルバンテスがベランダから囲い場を眺めると、侵入者によって傷つけられた雌鶏が他のすべての雌鶏によってつつきまわされているのが見える。犠牲者はまだ両脚で立っていたが、しかしやっとのことで歩いて仲間たちから逃げていた。鶏達は同類の状況においていつもそうするように彼女を殺そうとしていたのである。このひどいいじめは何日か続き、彼がたまたまドニャ・カタリーナと外に出てきたときには、傷ついた雌鶏は瀕死の状態にあった。これを見た彼女は、一瞬ためらった後、突然耳障りな声をあげ、台所に入ってゆき、斧を持って出てきて、その雌鶏をつかまえ、鶏小屋の水入れのところにもってゆき、一撃でその首を切ったのである。

その後、さらに驚くべきことが起こった。ドニャ・カタリーナは水入れに打ちつけた斧を残して、鶏小屋に入ろうとしたが、戸口が狭くてうまくゆかない。それで小屋の隅にうずくまり、卵を産んだのである。普通の雌鶏の卵だった。セルバンテスは悲嘆にくれた。彼女はついに人間であることをやめて、雌鶏になってしまったのだ。もう取り返しようがない。彼はエスキビアスを去ろうと思ったのである。

このドニャ・カタリーナの変身とともに、セルバンテスがエスキビアスを去ることになった要因として、もうひとつ、二人の価値観の違いを挙げることができるであろう。彼女はエスキビアスの郷士たちの実利主義を共有していた。オリーブやブドウの収穫をどれだけ挙げるか、養鶏でどれだけの収入を得たかが問題で、セルバンテスの文学創造への情熱などは何の金にもならない、馬鹿げたことだった。自作の牧人小説『ガラテア』を、続編を書こうとして読み返している彼に「あなた、その本はどのくらい儲かったの？　つまりその本は総額でいくらになったの？」彼女は読書に関心を持つことは決してなかった。セルバンテスの文学創造への情熱が理解されることはなかったのである。

映画『セルバンテスの雌鶏』のラストシーンは印象的である。セルバンテスはエスキビアスを去り、馬に跨り、「君を愛している」と呟きながら（雌鶏への変身にもかかわらず、彼のドニャ・カタリーナに対する愛は変わることがなったのだ）、風車が林立する白茶けた平原を（恐らく、やがて彼が書くことになる『ドン・キホーテ』の風車の場面の舞台だとされているカンポ・デ・クリプターナであろう）、何処かに向かって進んでゆくのである。

（のろ・ただし　中央大学名誉教授）

●翻訳

『お母さん、鮭のこと、わからないよう』

ムンサラット・ロッチ著／保崎典子 訳

〈まえがき〉

二〇一七年十月一日、カタルーニャ州では独立の是非を問う国民投票が実施されたが、スペイン中央政府はそれを違憲とみなして投票を妨害する行動に出たばかりではなく、プッチダモン大統領に逮捕状を発布した。同大統領は、ラホイ政権の横暴や圧政を糾弾するためと称して、五人の閣僚と共にベルギーに逃亡した。それを受けて、ラホイ政権はカタルーニャの独立運動のリーダーたちを投獄して、[1]憲法百五十五条を適用した。かくして、カタルーニャの州議会を強制的に解散し、二〇一七年十二月二十一日に選挙を実施。しかし、ラホイの意図とは裏腹に独立支持派が再び政権を握り、先行きは不透明である。

独立の是非を問う国民投票が行われて以来、日本のメディアでもカタルーニャ問題が大きく取り上げられ、カタルーニャという名前が広く一般に知れ渡るようになった。焦点となったのは、もちろん、「なぜカタルーニャは独立を望むのか」という点である。

カタルーニャが独立を望む主な理由は二つある。一つ目は、よく言われているように、経済的な問題である。商才に富み、勤勉さを美徳とするカタルーニャは観光業や工業が盛んで、スペインでもっとも多く税金を納めている州の一つである。しかし、カタルーニャに振り分けられる国家予算は、もっとも多いわけではない。故に、カタルーニャ人の間には常に自分たちは経済的に冷遇されているという思いがある。それが独立の気運を高めた一因であったことは間違いないだろう。二〇一七年十月三十日付の天声人語は、この問題について、以下のように述べている。「リーマン・ショックの影響はスペインでとりわけひどかった。土地バブルが崩壊し失業が激増した。比較的豊かなカタルーニャでは、泥舟から逃げた方が得策との見方が広がったようだ。独立の動きは伝統的であり、かつ現代的である▼英国はスコットランドの独立問題がくすぶる。油田があり金融業も強いので独力でやれるとの議論がある。過去の植民地独立と違い、いま目立つのは『富者の反乱』か」。「富者の反乱」という言葉に、言いようのない違和感を覚える。「富者」が反乱など起こすだろうか。確かに、カタルーニャはスペインの中では豊かな州であるが、歴史を振り返って見ると、経済問題だけではない一面が見えてくる。

それが二つ目の言語の問題だ。カタルーニャでは、カスティーリャ語とカタルーニャ語、どちらも通じるが、公共の場での表記はカタルーニャ語が最初で、場合によっては、その後に英語、その後にカスティーリャ語が続く。このような言語に対するこだわりは、カタルーニャ語が二度も大きな弾圧を受けたことと無縁ではないだろう。

最初の弾圧は、約三百年前のスペイン継承戦争後に起こる。スペインの王位をめぐって争われたこの戦争でハプスブルグ側についたカタルーニャは敗者となって、戦後、ブルボン家によって様々な報復を受ける。その一つがカタルーニャ語の公的な場での使用の禁止であった。これにより、カタルーニャ語は話し言葉としては存続するが、書き言葉としての地位を失う。しかし、十八世紀から十九世紀にかけてスペインで唯一、産業革命を成し遂げて経済力をつけたカタルーニャでは、一八三三年、ブナバントゥーラ・アリバウが余興で発表したというカタルーニャ語の詩、「祖国頌歌」をきっかけとして「ラナシェンサ」という文芸運動が起きる。十九世紀末にそれはより近代的で総合的な芸術運動「ムダルニズマ」へと発展して、一九二〇年代以降、より規範的な「ノウザンティズマ」へと受け継がれていく。この頃にはカタルーニャ語での文芸活動は「当たり前」のことになっていた。

一九三一年、第二共和政が成立したときに、政治的にも力を付けていたカタルーニャは独立を宣言する。しかし、これはスペインの中央政府の介入により、スペインの一連邦であるとの訂正を余儀なくされるが、強い一つのスペインを掲げる者たちにとってカタルーニャのこのような動きは、ある意味、恐怖だったのではないだろうか。かくして、一九三六年に内戦勃発。その結果、フランコ側が勝利し、カタルーニャ語は、以前とは比べ物にならないほど徹底した弾圧を受けることになる。カタルーニャ語の公の場での禁止はもちろんのこと、カタルーニャ語の書物は燃やされ、カタルーニャの伝統文化すら否定された。カタルーニャ語で作家活動をしようと思えば、他国に亡命するか、カタルーニャに残って地下活動をするしかないという状態だった。一九七〇年代になって規制は徐々に緩んでいくが、カタルーニャ語が再び陽の目を見たのは、一九七五年にフランコが死去して、一九七八年に新憲法が発布された後のことであった。

一九四六年生まれのムンサラット・ロッチはカタルーニャ語の弾圧が厳しかった時代に子供時代を過ごしている。ジャーナリスト兼作家として活躍する彼女は、一九七一年、フランコの死を待たずしてカタルーニャ語の最初の作品、『洗濯物は多いのに石鹸は少ない』を発表している。カタルーニャ主義者でフェミニストの彼女は、生涯、「カタルーニャ人であるとはどういうことなのか」を追求し続けた人である。今回、翻訳した作品は、彼女の長編の第三作『すみれ色の時刻』が初出であるが、後に一つの独立した短編として短編集『若人の歌』に収録された。亡命した後にナチスの収容所に送られたカタルーニャ人を取材したときの経験に基づくもので、直接、言語の問題に触れているわけではないが、内戦後のカタルーニャ人がどのような境遇に置かれ、どのような人生をたどったのかの一端が窺える作品である。

話は前後するが、最近、言語の問題が浮上した背景には、二〇〇六年、カタルーニャは州憲法にあたる自治憲章を新しくした際に、四年も経ってから中央政府によって憲法違反だという判決を下されたという経緯がある。この自治憲章は、カタルーニャが民族であることを強調し、カタルーニャ語使用の一層の拡大を目指す内容であった。それを否定するかのように、二〇一三年には、「カタルーニャの子供をカスティーリャ語化する」という、いわゆるベルト法が制定されて、カタルーニャ語の教育が縮小されることとなった。このような一連のラホイ政権の動きが、逆説的に、カタルーニャの独立の気運をさらに強めたと言えるのかもしれない。

(2)お母さん、鮭のこと、わからないよう。

ムンサラット・ロッチ作(3)

（翻訳　保崎典子）

(4)私と共に呪いが終わりますように。

サルバドー・アスプリウ、『アンティゴナ』

「あのねえ、鮭は春になると毎年、冬に住んでいた海を出て、川を遡るのよ。岩にぶつかって破裂するものもいれば、生き残って、生まれた場所に行って死ぬものもいるの」

「どうして、お母さん。海が好きじゃないの」

「好きよ……。でも、海はあまりに大きすぎると思うのではないかしら」

「ぼくは海が好きだな」

「お母さんもよ」

「海はあまりにも寒いと思うんじゃないかな」

「きっと、そうよ」

「どうして鮭は生まれた所に行って死ぬの」

「記憶力がとてもいいからよ。鮭は海に出ていく、広いから。そして、深いから。でも、後で、川床が鮭を呼ぶの」

「鮭ってわからないよう」

ノルマは寒さが肌を突き刺すのを感じた。彼女は少し前に南からやって来ていたが、そこはまだ秋で暖かかった。老いた共和派の男と墓地へと続く道を上った。彼は、祖父が孫の写真を誇らしげに見せるのと同じように、ノルマに馬の写真を見せた。「動物としかうまくいかないんだ」とノルマに言った。墓地は、周りの山の柔らかな稜線で輪郭を描かれた、牧草地とブドウ畑の間の穏やかな風景の中に小ぢんまりと収まっていた。ほとんど伝統的な雰囲気。

「誰かが墓地の周りに八十一本の松の苗木を移植した。苗木一本につき墓一つ。いまだ垢まみれになって、ぼろぼろの服を着た共和派のグループが到着した二月のある日を覚えている人がいる」

「それを思い出すのは難しくないさ。凍てつく冬で、川は凍り、葡萄畑は見えず、道は泥だらけだった。しきりに雨が降り、塹壕を泥が覆った。そこで南からやってきた男たちが身を守っていたんだ」

共和派の男はとどまることなく話した。「わしの人生は小説のようだ、ノルマ。ナチスの収容所では、石切り場で働く追放者の汚物を木の箱に入れて運ばせられた。わしらは氷や山となった汚物のせいで滑りながら階段を降ったものだ。箱を肩にかついで最初の地点に戻る。階段と坂。止まることなく上へ。止まったら、万事休す、だよ」ノルマはひどい寒さを感じた。まるで誰かに体中の孔をピンでまさぐられているようだ。

「墓にある遺体は長年の間に朽ち果てた。茨や低木の茂みがそれを覆った。ハリエニシダが被さって名前は消えた。フランスの土地登記人は土饅頭それぞれに名を与えた。どれも、**アカのスペイン人**。収容所の兵舎もまた消えて、農夫たちが道具を置く小屋になった。死者はあの囲いに埋められていた。なぜなら、アカだったからだ。アカは、もうわかるだろ、カトリック教徒の墓に葬られることはなかったんだ」

「たくさんの鮭が目的地に着く前に死ぬの。滝に突進して飛び越えようとするんだけど、多くの場合、また落ちて、流れによって海に引き戻されるのよ。でも、とても頑固だから、流れこだわるの。とても強い力をもっていて、滝を越えようとして五メートルもジャンプする鮭もいるの。流れに逆らって泳ぐのよ」

「流れに逆らって泳ぐって、どういうこと」

「彼らは雑草を引き抜いた。土饅頭が、少しずつ姿を現した。土饅頭それぞれに墓を一つ作った。一つの墓には一つの石碑と一本のバラ。そして、石碑には名前が一つ。馬はわしの声を聞くとすぐにいななくんだ」と追放された共和派の男は話す。「下唇でわしの背中や顔をなで、手をきれいにしてくれる。それで満足するんだ」馬のいななきが谷底を満たし、馬は後ろ足で立ち上がりながら空中にたてがみをなびかせる。

ノルマは空を見た。空は丘のもっと向こうに広がっていて、あたかも山頂を舐めるかのようだ。様々な色合いの緑がブドウ畑に溶けていた。共和派の男は続けた。「ナチス親衛隊は地面に深さ七メートルの穴を掘った。そこでユダヤ人を溺死させるためだ。でも、わしは、やっかいな階段を昇らなければならないとき、かつぐことを命令された汚物の箱のことしか頭になかった。もう、何も思い出さなかった。内戦のことも、なぜ、そこにいるのかということも」

ノルマはますます寒さを感じていた。なんと彼[5]のことを愛しているのだろうと考えた。そして、最後の愛の夜の性急な欲望を。

欲望は静まることはなかった。飽くことなくそれを繰り返した。ノルマは逃げ出したくなった。風は凍てついている。地平線には雲が散らばっていて嵐が来るのを告げているようだ。共和派の男は押し黙った。言葉はもう役に立たなかった。すべてが沈黙に包まれた。聞こえるのはブドウ畑の向こうから来る風の囁きだけ。山から下りてくる柔らかい囁き。それは、おそらく、仲間を求めて戻ってきている死者の囁きだろう。

ノルマの近くにいる誰かが言った。「ご覧、この旗がわしらのものだ。共和派の旗のために多くの人が死んだ。今、誰がそれを思い出すというんだ。誰が覚えているんだ、ノルマ」ノルマは眼を硬く閉じた。バラ色から濃い黒へ。肌の触れ合いをまた感じたいと思った。長い間、離れていた後の最初の触れ合い。ノルマは考えた。ホテルに着いたら、彼に電話しよう。そして、彼に言おう。私たちは仲直りしなければならない。あなたのことが忘れられない。彼を愛している別の女性の同情はいらない。どうして私が彼を忘れなければならないの。

幻影が名前のない死者の囁きについてきていた。幻影は行きつ戻りつ輪になって回った。何も言わなかった。閉じることのできない、かっと見開いた目だけ。私たちは忘れない、眼がそう話していた。囁きがそう言っていた。松葉杖をついている老人が一人、墓の一つに近づき、埃が少し墓碑のバラにこぼれた。追放者の妻のリュイザは、まるで十八世紀のドラマを演じようとしているかのように埃だらけの顔をしていた。彼女はノルマの耳元で言った。「私たちはテット川から来たんだ。あの川はたくさんの子供、老人、女、病人を連れ去った。流された者は皆、海に行き着いた。八日経っても、波がまだアルジャラスの海岸に死体を打ち上げていた。死体は静かに横たわっていた。でも、ノルマ、死者は決して口を閉じることはなかった、決して閉じはしなかったんだ」

ホテルから彼に電話しよう、と彼女は考えた。彼の声が聞きたい。声が聞きたい。そこにいて、生きていることを知りたい。老人たちは、墓碑の間を踊るように歩いていた。松の木はゆったりとして静かなダンスに押されて揺れることを止めることはなかった。誰かが全員を代表して言った。きっと戻ってきた死者の一人だろう。「私たちは同じ旗を持ってここに来た。その旗を持って一九三九年に国境を越えたのだ。そして、誰もそれに反駁することはできないと思う、反駁、反駁、反駁……」

最後の言葉はノルマに届かなかった。風がそれを飲み込んでしまったようだ。寒さは、まるで彼女の皮膚を引き裂くかのように、骨の髄まで達していた。あなたに電話するわ。遠くから。あなたを愛していると言うためにだけ。反駁、反駁、あなたを愛している、あなたを愛している。喉から手が出そうなほど、彼の若い肌が恋しかった。そして、暖かいキス、私の天使。幽霊は息をすることなく彼女の周りを歩いていた。皮膚は日焼けして、乾燥し、黒ずんで、頬には深い皺が刻まれていた。彼らは死者の踊りを踊っていた。記憶を失って、あなたの海に消えられたらいいのに。そしたら、あなたの岸の湿った地面であるかのようにあなたを受け入れるわ。あるいは、あなたの体の上に横たわれるといいのに。あなたが挿し木で、私が空に伸びる木になれるように。

すぐにキイチゴは墓を荒れた地に変えた。雑草は番号を飲み込んだ。風は彼らの死を吹き飛ばした。難民の収容所の兵舎は崩れ去った。なぜなら、嵐や暴風がそこを襲ったからだ。そして、雨。幽霊の埃だらけの顔がノルマを囲んでいた。彼女は顔から逃げたかった。記憶さえも残らないように。消す……、おそらく言葉……。ノルマはもっと具体的な、夢の中にいる恋人のことを考えていた。苦しくなるほど彼に口付けし、口付けされたい。ノルマは忘れたかった。

「鮭のメスは、決して場所も川も間違えないのよ」
「絶対に間違えないの、お母さん」
「絶対に」
「それじゃ、途中にいる鮭は、岩にぶつかった鮭は」
「彼らの死体は流れに引きずられて、また海に引き戻されるの」
「鮭って、何てかわいそうなんだろう」

アルセガル、一九八〇

註

（1）スペイン憲法百五十条については以下を参照されたい。
第一五五条①自治州が憲法もしくは他の法律により課せられた義務を履行せず、またはスペインの全体利益を深く損なうような行為をなすときは、内閣は、前以て自治州の知事に請求することにより、及び、この請求が受け入れられない場合においては、参議院［転載者注：翻訳原文ママ。現在は「上院」と訳されることが多い。スペイン語Senado］の絶対多数決による承認を得て、自治州に対し、その義務を強制的に履行させるため、またはその全体利益の保護のため、必要な措置を採ることができるものとする。②前項に定められた措置の執行のため、内閣は、自治州のすべての機関に対し指示を与えることができるものとする。（黒田清彦訳「スペイン憲法」原誠他編『スペインハンドブック』三省堂、一九八二年、四九〇ページ）

（2）この短編は、*L'hora violeta*, Barcelona: Edicions 62, 2001 (11ª ed.) (1ª ed., 1980) [*La hora violeta*, trans. Enrique Sordo, Madrid: Castalia, 2000]『すみれ色の時刻』（一九八〇）が初出である。小説の中の主人公の一人であり、作家兼ジャーナリストのノルマがナチス収容所のカタルーニャ人についてのルポルタージュをまとめようとした過程の中で書かれた短編として収録されている。つまり、小説の中の短編である。ところどころ、前後関係が不明瞭な部分もないわけではないが、一つの短編としての体裁を整えているので、後に出版された短編集⑦ ***El cant de la joventut***『若人の歌』（一九八九）(Primera edició en aquesta col.lecció: abril de 1993, Edicions 62) [*El canto de la juventud* de la traducción:Joaquim Sempere Carreras, 1990, Muchnik Editores] に独立した短編として収録されている。本稿の翻訳にはあたってはこちらから訳出した。

（3）ムンサラット・ロッチ（Montserrat Roig, 1946-1991）は一九四六年バルセロナのアシャンプラ地区の右区に生れた。その地区はブルジョワの居住区として特徴づけられる。ロッチも例外ではなく、ブルジョワの出身であるが、熱心なカタルーニャ主義者の家庭で育った。幼少時に教会に行ったときに家庭で話していたカタルーニャ語を話すことを禁じられた体験により、言語の問題に興味を抱くようになる。若くして作品を発表し、小説家兼ジャーナリストとして活躍する。小説だけではなくノンフィクションの作品も著しているが、ノンフィクションの数冊を除く全作品がカタルーニャ語で書かれている。

主な作品は、

(フィクション)

① *Molta roba i poc sabó*『洗濯物は多いのに石鹸は少ない』(一九七一) ビクトル・カタラー賞

② *Ramona, adéu*『さらばラモーナ』(一九七二)

③ *El temps de les cireres*『さくらんぼの実るころ』(一九七六) サン・ジョルディ賞

④ *L'hora violeta*『すみれ色の時刻』(一九八〇)

⑤ *L'òpera quotidiana*『日常オペラ』(一九八二)

⑥ *La veu melodiosa*『妙なる調べ』(一九八七)

⑦ *El cant de la joventut*『若人の歌』(一九八九)

(ノンフィクション)

① *Els catalans als camps Nazis*『ナチス収容所のカタルーニャ人』(一九七七)『セラ・ドール』批評賞

② *L'agulla daurada*『黄金の針』(一九八五) 国民文学賞受賞

③ *Digues que m'estimes encara que sigui mentida*『嘘でもいいから私を愛していると言って』(一九九一) など多数。

(4) **Salvador Espriu i Castelló** (1913-1985) はカタルーニャの詩人。地下活動でカタルーニャ語文学を支えた文学者の一人で、ほとんどの作品をカタルーニャ語で書いている。

(5) この「彼」は『すみれ色の時刻』によれば、ノルマの愛人のアルフレードである。ノルマにはファランという夫がいるが、共産党が合法化されたときに人生の目的を見失い、ノルマとの関係も破たんする。その後、ノルマが出会ったのがアルフレードとである。彼は既婚者なので、「別の女性」とは彼の妻を指す。

(ほざき・のりこ　中央大学他非常勤講師)

坂東省次監修／牛島万編

『現代スペインの諸相――多民族国家への射程と相克』

牛島　万

現代スペインとは、とりわけフランコ体制の終焉以降の、民主化スペインを指すということでは、大きく意見の相違はないであろう。なぜなら、スペインは、まさに二〇世紀という「現代」の大半を、王政と共和制の対立、保守派と、社会主義者や共産主義者、あるいは無政府主義者を含む急進派との対立、その後の内戦、さらにフランコ独裁体制の四〇年間が占めており、民主化をスタートさせたのは一九七五年以降のことであったからだ。ただし、識者のなかには、現代スペインにおいても「内戦」の歴史を未だ背負っているという考えが存在する。多くの国では、第二次世界大戦が終わる一九四五年以降、高度経済成長と民主化を進めてきた。アジアやアフリカの欧米の植民地も次々に独立を達成した。その意味で、スペインの民主化の開始は、欧州のみならず、世界水準から見ても、遅かった。しかし、それをすっかり忘却させるかのごとく、スペインは、極めてテンポよく急速な発展を遂げてきたのではないかと考える。その理由を考えると、次のことが想起される。

第一に、フランコ体制の最中から、来るべき将来を見据えた方向転換をすでに始めていたことである。国内の労働者を海外への出稼ぎを目的に送り出す、あるいは観光業を国家事業として推進し、海外からの観光客を誘致していた。これは、保守的で閉鎖的なスペイン国が、開放策をとることにより、経済的な発展、繁栄を早期から目論んでいたことを意味するが、同時に、フランコ体制の崩壊に、結果的に寄与する大胆な政策でもあったのである。

第二に、スペイン内戦の体験が、スペイン人に重くのしかかっていたことである。スペイン内戦での精神的な痛手を二度と繰り返さない、ということは、フランコ体制の重鎮たちも考えていたことである。そのため、生前から次期後継者として、国家元首に **Juan Carlos** を指名していたことも、このような背景があったか

明石書店、2016年

らだと考えられる。つまり、政党、階級、イデオロギーをめぐる衝突を回避したかったため、最大限にそのバランスのとれた体制を、フランコの生前から考案していた。従って、フランコが死去したあと、速やかに、かつ円滑に、新体制への移行を行うことができたわけである。

　以上のことをふまえると、スペインの民主化は「脱フランコ主義」ではなく、フランコ主義と脱フランコ主義の、双方のバランスの取れた安定した社会こそが、まずはスペインの目指すべき「民主化」であったことが伺える。その点において、フランコ死後、四〇年間が経過した、いわゆるスペインの民主化は、これまでにどのような発展を遂げ、いかなる問題を抱えているのかを、再検討する必要があろうと考え、本出版が企画された。

　なお、当該出版においては、筆者の勤務先である京都外国語大学の出版助成を受けた。また、坂東省次 京都外国語大学名誉教授には監修をしていただいた。

目次は以下のとおりである。

内容

第一章

　フランコ死去以降のスペインの政治的変遷について述べている。フアン・カルロスの即位とスワレス内閣が民主化の第一歩に貢献した。その後、スペイン史上最後のクーデターであった、テヘロ中佐による一九八一年二月二〇日クーデター事件、その後、ＰＳＯＥ（社会労働党）のゴンサレス政権が誕生した。しかし、スワレスが保守派やフランコ主義派に有利な政策を進めなかったように、ゴンサレスも従来の路線を変更し、中道左派の路線を歩み出した。彼の政権下で行われたことは、ＥＣへの加盟に成功したことである。しかし、その後、ゴンサレス政権下での不正、汚職、あるいはＧＡＬに政府が関与していたことが問題化し、次いで、国民党のアスナール政権が与党となった。アスナール政権はグローバル化と外交の展開を図ることに成功した。米国、イギリスと共同で、イラクへの派兵を行った。しかし、二〇〇四年のマドリード鉄道爆破テロ事件を受け、総選挙の結果はPSOEの勝利となった。しかし、EU経済の不況の煽りを受け、二〇〇八年の選挙では、再び国民党のラホイ政権が誕生する。以上のことから、二大政党を対立軸にし、単独政党を発足させる、従来の政治システムに無理が生じてきている、と締めくくる。

第二章

スペインは送り出し国から受け入れ国への移行、およびスペイン人出稼ぎ労働者の帰還が新たな民主化スペインでおこった。観光業を中心に、景気拡大と高度経済成長による、一九五九年から七三年にかけてスペインは発展した。その後も、八六年のEC加盟による、外国人労働者を受け入れ、転換期を迎えたが、二〇〇八年のバブル経済の崩壊により、失業率が急増した。やがてこれらの多くの外国人労働者が国外退去を余儀なくされるが、その主要な出自国は、エクアドル、ルーマニア、モロッコであった。しかし、主として北アフリカからの不法労働者の越境、不法滞在が、この国をはじめ、欧州における大きな問題となっている。

第三章

アンダルシアが一九八〇年に自治州になって以来、もともと保守的で大土地所有制を特徴としていたが、やがて農地改革が進み、失業率も下がった。アルメニア県のビニール野菜栽培は、アルダルシアの発展を確証する一つの事例であるが、その後、労働力として外国人がこの地域に流入することにより、新たな社会問題や不安も生じた。近年の経済不況により、アンダルシアから域外への労働力移動が再び増加している。

第四章

スペインの経済発展の背景のひとつに、スペインのEUからの直接投資があった。一九八六年のEC加盟以降、それは一九九〇年代前半まで活発であった。しかし、やがて九〇年代後半以降、スペインの直接投資は低迷したが、その原因に、EUの直接投資先が変わったこと、またスペイン自体も対外直接投資（東欧や南米）が増加したことがあった。しかし、二〇〇八年の危機以降、それは低迷し、根本的に、スペインの経済構造の変革に、投資は一定の役割しか果たすことができなかったこと、むしろ、その脆弱性が露呈されるに至った。

第五章

スペインの外交は、もともと多元的な特徴を有する。その特徴は、すでにフランコ時代に見られた。第三外交、EUと米国（NATO）との関係、および中南米外交とのバランスが保たれてきた。また、スペインの王室外交も重要な役割を担っていた。概して、モロッコとは、緊張関係が続いている。本章の筆者が述べるように、今後、「多層的ガバナンスを念頭においた新たな外交政策の策定が求められている」のである。

第六章

カタルーニャの分離独立運動の直接の原因は、二〇〇六年自治憲章の違憲判決とEU経済危機であると主張したうえで、歪なスペイン自治州制度の問題、カタルーニャ語の公用語化の現状と裁判例、および国際法による独立の可能性の有無、およびそのプラス面とマイナス面について論じた。

第七章

バスクの独立運動は、ETAの暴力革命論が肯定されたことにより、過激化したことがわかる。しかし、二〇一〇年にETAが停戦を宣言して以降、バスクは、カタルーニャと違って、二〇一四年のGure eskudago（私たちの手にある）に象徴されるように、分離独立論を捨て、自治権、自決権の拡大を求めるようになってきた。

第八章

ガリシアの自治権は、独立志向には発展することはなかった。その理由として、地域民族政党は存在しているが、基本的にPPが多数政党としてその勢力を保持してきたからである。現首相のラホイの出身地でもある。しかし、経済危機以降、そのような従来の傾向に終止符を打つかのごとく、AGE（ガリシア左翼オータナティブ）が台頭しつつあり、今後の動向が注目される。

第九章

カトリックが国教と定められていた時代がフランコ時代まで続いていたが、民主化の過程で信仰の自由が認められた。カトリックは教育や行事等に大きくかかわってきたが、二一世紀に入り、同性婚、人工妊娠中絶、尊厳死などが認めるようになった。このように、筆者が言う、いわゆる「世俗化」が進む一方、東方の三博士、聖週間などの宗教行事は続いており、その意味では、現代スペインの生活の一環として未だ根付いている、と論じる。

第一〇章

良妻賢母から、働く女性への進展が、現代スペインにおいて顕著にみられたが、例外的に、内戦期において、すでに女性は兵士として戦うことを余儀なくされていた。第二共和制下において、女性の参政権（一九三一）、離婚法の制定（一九三二）が制定されていたが、本格的な変革が起こったのは、やはりフランコ以降の民主化の過程を待たなければならなかった。女性も職業に就き、社会に進出していくことにより、そのライフスタイルが大きく変容を余儀なくされたのである。離婚法（一九八一）、同性婚（二〇〇五）、人口妊娠中絶（二〇一〇）など、PSOEのサパテロ政権期に大きく法改正が行われた。同時に、女性の閣僚を積極的に政治に参画させた時期でもあった。

副題にある、「多民族国家への射程と相克」であるが、カタルーニャのように、分離独立を目指すのか、あるいは、現行のバスクのように、自治権の拡大を目指すのか、あるいは、かつての第二共和制下の「カタルーニャ共和国」が目指していた、連合国家の成立を復活させるのか。さらに、スペインの中央主権制は、その特質を見る限り、限りなく連邦制に接近してきている。そこで、立憲君主制を一層廃止し、連邦共和国を目指すか、近い将来スペインがどの方向に進んでいこうとしているのか、今まさに岐路に立たされていると考えられる。そのため、現在、その十分な検討が余儀なくされているのである。その意味では、スペインは、政治的にも、経済的にも、いわゆる「危機的状況」にあるといえよう。従って、「多民族国家」という構想も、現実の国家実行をふまえると、全く無意味な議論とはいえないのである。

（うしじま・たかし　京都外国語大学准教授）

浅香武和著

『新西班牙《イスパニヤ》語事始め』

浅香　武和

本年は日本とスペインの国交が樹立して一五〇年にあたります。このような年に本書が刊行されたことは実に喜ばしいことだと思っております。

一九七五年晩秋、私は初めてスペインのマドリードの地を踏みました。当時は、東京からマドリードまでの直通便はなく、羽田からアンカレジ経由でパリまで飛行機、パリに一泊して翌日の国際列車でマドリードに向かいました。そして思い描いていた憧れの地に到着。もう四三年も前になります。今では、イベリア航空の便で成田から十四時間ほどでマドリードバラッハス空港に到着します。二年間のマドリード留学ではなく遊学中にさまざまな貴重な経験をしました。その一つにラミーロ・プラナス先生との出会いがあります。プラナス先生はマドリード国立語学学校日本語学科教授で音楽にも造詣が深い方でした。先生は日本とスペインの交流に関心があり『西日交流史』（マドリード、二〇〇一）を著わしています。このような関係から先生とお会いする時は、たいていマドリードの日本料理店「どんぞこ」で会食を楽しみながら、日本とスペインの交流についてキリシタン時代から現代に至るまでの人物交流の四方山話に花を咲かせたものでした。その後、私は東京に戻り神田の古書街を散策しながら様々なスペイン語関係の書籍や雑誌を漁ったりしました。

大学院時代は関西で過し、堀正人先生との出会いが私のスペイン語事始めのきっかけになったといっても過言ではありません。それは、堀先生の祖父井上春洋が、幕末にメキシコに漂流した阿波の漁民初太郎の漂流談を漢詩集『亜墨竹枝』として上梓したことを伺ったからです。竹枝の姉妹篇とも言うべく『亜墨新話』（天保十五年）が阿波藩により編纂されましたが、鎖国下の日本では一般には公刊されませんでした。そこにはメキシコの地理・風俗・言語などが詳細に記されています。この報告書を読み解く

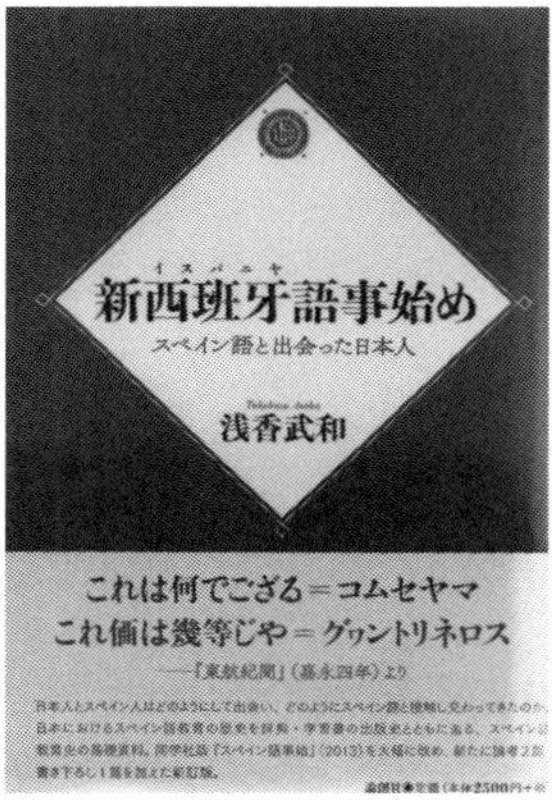

論創社、2018年

と、まさに日本におけるスペイン語事始めであると確信しました。こうして、堀先生との出会いは私をスペイン語事始めの道に誘い、約四〇年の間に雑誌などに執筆したものを今回は追記、改稿を施し本書の発行にこぎつけることができました。論創社編集部松永裕衣子さんの卓越した編集に感謝します。表紙のデザインは奥定泰之氏に担当していただきました。熟慮の末、青色の背景に飾り気のない味のある表題が本書の顔となりました。あらためてお二方にお礼申し上げたい。

本書の構成は次の通りです。総論・日本人とスペイン語の出会い、スペイン語辞書発達小史。第二部・日本に最初に渡来したスペイン人ディエス、亜墨利加でイスパニヤ語を学んだ日本人初太郎、第三部・明治期のスペイン語教育の創始者ビンダ、日本人最初のスペイン語会話書と片桐安吉。第四部・大正期の『和西辞典』編纂者金沢一郎、メキシコ移民の『西日辞典』と照井亮次郎。第五部・昭和期のスペイン語辞典編纂者村岡玄、放送によるスペイン語講座の誕生など全十六章からなります。

現在のスペイン語学習の出発点は、明治三十年九月高等商業学校附属外国語学校の開校にあり、スペイン語教育の歴史は東京外国語大学校史に詳しく記されていますが、本書は知られていない、または忘れ去られ埋もれた人物を掘り起こし、スペイン語に携わった経緯をさまざまな観点から記したものです。英語事始め、フランス語事始め、ドイツ語事始め、ロシア語事始めなどはすでに研究され書物も刊行されていますが、「西班牙語事始め」は本書が日本で初めてであろうかと思います。西班牙語はふつうスペイン語と読めますが、趣を出すためにイスパニヤ語としました。

（あさか・たけかず　津田塾大学）

●訳者の周辺

エレーナ・フォルトゥン著／西村英一郎・西村よう子訳

『ゆかいなセリア』

西村　英一郎

エレーナ・フォルトゥンの『ゆかいなセリア』は、原題はCelia, lo que dice（セリアのおしゃべり）といって、セリアが語るお話である。単行本になったのは一九三四年で、四四のコントが含まれている。もともとは、一九二九年の一月から日刊紙ABCの日曜版「Blanco y Negro」の「ヘンテ・メヌーダ」（子どもページ）に連載された小話で、これに一九二八年六月に同紙に書かれた子どもの宣言のような文章がプロローグとなって一冊の本にまとめられた。

主人公のセリアは、マドリッドの高級住宅地のセラーノ通りで暮らす裕福な家庭のおしゃまで、おしゃべりな七歳の少女である。またセリアは魔法使いや妖精などの夢物語が大好きで、いったんそういう世界に触れると、空想を抑えることができない。御公現の祝日に夢のなかで東方の博士とおしゃべりしたり、五匹の猫が飼い猫ピラッカスの分身、あるいは、魔法にかかった王女だと思ったり、門番の娘ソリータには、願いをかなえてくれる妖精の名づけ親がいると思ったりする。両親が買おうとする船のレプリカも、中二階に住むおじさんの住まいもイメージが少し暴走気味になる。こんなセリアの巻き起こすほほえましい騒ぎがこの本の世界だ。

セリアの夢見がちな性格は話の後半まで続いて行くけれども、同時にセリアは、動物や弱い人たちへのやさしい思いやりの心ももっている。『屋根裏部屋の妖精』では妖精気取りで、病気の老婆のために電話で医者や牛乳屋さんを呼びつける。カルロティカのおじいさんが自分の一生に関わりの深い礼拝堂が取り壊されることにショックを受けていることを知ると、自分たちの持ち物を集めて、礼拝堂を買い取ろうと司祭さんのところに直行する。動物についてはけがをした犬を手当てしてやったり、処分場に連れられていくロバを買い取る。

彩流社、2018年

ただよい子とは言えないような悪戯をすることもあり、とくに弟がお風呂で水を飲んでおぼれそうになったり、シャワーの水が止められなくて、弟がずぶぬれで病気になる。

また母親に甘えたり、かまってもらいたがったりする反面、後半ではベニータばあやのような理解してくれる大人をだんだんうっとうしく感じはじめるところもある。そのほか訪問先の大人や、迷子になりかけたときに助けてくれた知らないおじさんを観察する目など、いろいろな場面での子どもの表情が見える。

物語は、セリアへの伝達係であるメイドのフアナ、セリアをもてあまし気味の母親、イギリス人の家庭教師ミス・ネリー、よき理解者の父親、空想と現実が混在し、セリアが心酔しているばあやのベニータ、アフリカから来た仲良しの少年マイモンなど、個性のある脇役が登場して小劇場のようだ。母親やミス・ネリーは、絶対の服従、道徳を求める大人の代表者である。ベニータやマイモンは、夢物語の案内人であり、仲間である。一九二〇年代の現代都市マドリッドを主な舞台に展開するが、セゴビア県にある別荘、休暇ですごすスペイン北部の海のリゾート地のエピソードもある。

連載にあたってはいろいろな工夫が見える。まず、御公現の祝日(一月六日)、聖アントニウスの日(一月一七日)、ロサーレス通りでのカーニバル(二月)など、季節の行事に絡めてコントを書き進めていることである。

二つ目に、後半で多くなってくるが、今はすたれた子どもの遊びや、遊びのときの囃し唄などを挿入して、当時の子どもの関心に訴えている。escondite inglés(イギリス式かくれんぼ)というのは、日本の「だるまさんがころんだ」に似たおにごっこだ。

三つ目に夫や周辺のつき合う人が演劇人であったせいか、自身の資質なのか、話のなかの会話には喜劇役者のやりとりを思わせるたくみさがある。例えば、セリアが「闘牛ってなんなの?」と不思議がると、ソリータに「あなた、妖精以外のことは知らないのね」とつっこまれてしまう。

四つ目に、単行本として見たとき、イラストがモダンで、文章とともにセリアの世界を伝えている。新聞で連載されたときには、レヒドールという画家が挿絵を担当し、おとなしい古いスタイルの絵を描いたが、単行本ではモリーナ・ガジャンというイラストレイターが起用された。イラストから現代都市マドリッドやそこに暮らす主人公たちの新しい時代の雰囲気が感じとれる。エレーナのコントあってこそではあるが、本としてイラストの役割も大きい。

連載物として書かれたので、書き進むうちに方針も変化していったはずで、とくにプロローグの部分は、大人のおしきせの道徳をきびしく批判するような力み、けわしさが感じられる。だが半年後、連載が始まってみると、作品はおおらかで、まるみのあるものになっている。

＊

『ゆかいなセリア』ではセリアがお姫さまを気取る場面もあるが、沈黙を守り、王子さまに見いだされて幸福になるのではなく、疑問や自分の考えを口に出し、答えを見つけて行動に移るところにセリアの真骨頂がある。

なおセリアのシリーズは、この作品のあと、『学校のセリア』、『小説家セリア』、『世界のセリア』、『セリアと友だち』と続くが、ドタバタ風で、人の欠陥を笑ったりで、必ずしも良い作品に仕上がっていない。ただピカレスク小説の伝統のあるスペインでは、悪戯をし、権威に反抗的なセリアを描いた『学校のセリア』に共感を寄せる読者もいる。その後、スペイン市民戦争が起こり、自身の生活も精神も、こきみのよい裕福な少女を安閑と書いていられるような状況ではなくなる。『小さな母セリア』(一九三九)は写実的な作品で、セリアの生活も一変する。母親は死去し、父親は職探しで不在で、田舎の親戚の家に間借りしているセリアは、肩身もせまく、二人の妹の面倒を見なければならず、空想に耽っている余裕はない。

市民戦争に際して、エレーナは共和派であった夫とアルゼンチンに亡命し、一〇年をブエノスアイレスで過ごした。さいわいセリアのシリーズを出版してきたアギラール社がブエノスアイレスに支社を開設したので、エレーナは児童書を書きつづけることができた。一九四八年にスペインに戻り、バルセロナで暮らしたが、一九五二年マドリッドで病気で亡くなった。

エレーナ・フォルトゥンは、書きだしたのは四〇歳ごろと遅い。市民戦争中の体験を小説化した『革命のなかのセリア』(一九四三)(死後、発見された未完成の遺稿、一九八七年出版)のようなリアリズムの小説のほか、同性愛を綴った作品にも昨今は注目が集まっている。二〇世紀のスペインの女性の作家や研究者に大きな影響を与えてきた作家の一人である。

(にしむら・えいいちろう　元国際武道大学教授・翻訳家)

Reseña

セルバンテス著／岩根圀和訳

『新訳ドン・キホーテ』［前編］［後編］

彩流社、二〇一二年

片倉充造

表題書は、会田由訳（一九六〇・六二）以降、牛島信明訳セルバンテス『新訳ドン・キホーテ』［前篇］［後篇］（一九九九）や荻内勝之訳『ドン・キホーテ』（二〇〇五）に続く、スペイン語からの全訳である。日本語でのセルバンテス読者にとってこの訳者名は、むしろ『贋作ドン・キホーテ』（一六一四、訳書一九九九）としてよく知られている。言い換えれば、アベリャネダ研究・紹介者によるセルバンテス作品訳ということになる。それでは、順をおって主だった箇所の要約と講評を検討してみることにしよう。

【前編】

本編に入るまでの「勅許状」「査定証」「献辞」「序言」との配置は、セルバンテスの原書に近い。

「第一章音に聞く高名な郷士ドン・キホーテ・デ・ラ・マンチャの人柄と行いについて」

En un lugar de la Mancha ,de cuyo nombre no quiero acordarme というあまりにも有名な書き出しは、「その名は忘れたがラ・マンチャのあるところに、それほど昔のことではないが」（五〇頁）とまとめられている。

「第六章司祭と床屋がわれらの才知あふれる郷士の書庫で行った愉快で壮大な書物吟味について」

章の冒頭は、「ドン・キホーテはまだ眠っていた。災いのもとになった書物を置いてある部屋の鍵を頼むと姪は喜んで渡してくれた。」（七七頁）と訳出されている。書物詮議の章だが、これだけでは部屋の鍵を渡すよう姪に依頼した主語が誰なのか？　よくわからない。

原文には、El cual aún todavía dormía. Pidió las llaves a la sobrina, del aposento donde estaban los libros autores del daño とあるので、

やはり五章末の既述文との繋がりからすればこの訳に定着する。

「第八章勇壮なるドン・キホーテが驚嘆すべき想像もつかない風車の冒険でおさめた成功ならびに思い出すに楽しいその他の出来事について」

風車の冒険の章の始まりの描写を、「そうしているうちに、二人はその野原に立ちならんだ、三〇から四〇の風車を発見した。するとこれを眼にするや、ドン・キホーテは従士に向かって言った」（会田訳）／「そのとき二人は、野原の行く手に立ち並んだ三〇～四〇の風車に気づいた。ドン・キホーテはそれらを目にするや、従士にむかって、こう言った」（牛島訳）／「そのとき、平原にある三〇～四〇の風車が眼に入った。これを見るやドン・キホーテが従士に言った。」（八九頁）と並べ合わせてみると、岩根訳はより簡潔であると思われる。そしてまた従士の受け答えは、「なにが巨人です?」／「巨人なんかじゃねえです。ありゃ風車、腕に見えるのは羽根と言って風で回って石臼を引くんですよ。」／「ならいいですがね」（八九～九〇頁）等、米国映画〈ドン・キホーテ～ラ・マンチャの男～〉（ピーター・イエイツ監督二〇〇〇年）の従者（吹き替え）を思わせる軽快さも感じられる。

「第一七章狂気ゆえに城砦だと考える旅籠で、勇敢なドン・キホーテと善良な従士サンチョ・パンサに起こった無数の災難の続きが語られる」

フィエブラスの霊薬をめぐり、「思うに、サンチョ、この不快なる作用は、おまえが叙任を受けた騎士でないからだ。そうでない者にこの液体の効き目はないと見える。」（一六二頁）との主人の言い分は簡明である。もしかして効能が現れていたなら、霊験あらたかな妙薬の万能性をキホーテが強調していたことは想像に難くない。

「第一八章サンチョ・パンサと主人ドン・キホーテとの間に交わされた会話、ならびに語るに値するその他の冒険について」

「ドン・キホーテがふり返って眺めるとその通りだった。これは、遭遇したふたつの軍勢が、広大な平野の真ん中で激突するのに違いないと考え、飛び上がらんばかりに喜んだ。と言うのも、寝ても覚めても騎士道の書物に語られている（略）妄想が頭に溢れていて、話すこと、考えること、なす事のことごとくがそちらの方を向いていたからである。眼に入った砂塵は、おなじ道を両方向から近づいてくる羊の大群が立てたものだった。土煙のせいで近くへ来るまでそれと分からなかったのである。あれは軍勢だとドン・キホーテがあまりに執拗に言い張るので、サンチョもそのように思えてきてこう言った。」（一六八頁）

二つの軍勢（羊群）の冒険の序盤場面であるが、一様に既訳（会田訳・牛島訳）よりも、岩根訳は淡々とした文体で訳出が進められている。

「ドン・キホーテが応えた。「馬のいななき、ラッパの響き、太鼓の音が耳に入らぬか?」「聞こえるのは」とサンチョ。「やかましい羊の鳴き声ばっかりです。」もう羊の群れが近づいていたのでまさにその通りだった。「怯えるあまりに、サンチョ」とドン・キホーテが言った。「まともに見えず聞こえもせぬにじゃ。恐怖

心は五感を狂わせ、物事の真偽を分からなくするものだからな。」（一七〇頁）

このように主人と家来の問答もすっきりしているのがわかる。ここでドン・キホーテが述べる感覚的異変は、恐怖心によるばかりではなく、思い込みからも発生することが理解される。

「第一九章サンチョが主人と交わした機知に富む会話ならびに主人に起こった死体との冒険、その他の名高い出来事について」

ドン・キホーテの別名（apelativo）は、「憂い顔の騎士（caballero de la triste figura）」とされ、つまり、会田訳と共鳴している。

「第二九章美しいドロテアの機知と楽しく愉快なことが語られる」

シエラ・モレナでの山籠もり修行からドン・キホーテを救出する意図と行動は、「司祭が、心配するな、無理やりにでも連れ出すからと請け合った。それからカルデニオとドロテアにドン・キホーテの治療のこと、少なくとも家へ連れて帰るつもりであることを話して聞かせた。」（二八三頁）に明確に反映されている。

「第三〇章われらの恋する騎士が行っていた厳しい苦行から連れ出すための愉快な策略と手段が語られる」

岩根訳ではセルバンテス『ドン・キホーテ』（一六〇五年一月）出版のとおり、会田訳同様、サンチョがヒネス・デ・パサモンテから灰毛《はいげ》ロバを取り戻す経緯には触れていない。

「第三七章ミコミコーナ王女の物語が続き、他にも愉快な冒険が語られる」

魔術的要素に絡む描写は、一般に抑制的で淡白であると言える。

「第四二章旅籠に起こった出来事ならびに知るに値する事柄がさらに語られる」

騎士が行った旅籠での取り違えの言動がもたらした問題の解決に現実的な対応で尽力した司祭の存在感が、やや希薄な叙述となっていると言える。

「第五二章ドン・キホーテと山羊飼いとの喧嘩、苦行者たちの数奇な冒険、ならびに大汗をかいてめでたく収めた結束について」

「サンチョ・パンサとその妻ファナ・パンサの間でこのような対話が交わされている一方で家政婦と姪はドン・キホーテを迎え入れ、服を脱がせてもとの寝床へ横たえた。（略）

伯父を連れ戻すのに案じた一計を司祭が話して聞かせ、くれぐれも労ってやるように、そして二度と抜け出さないように気をつけるよう姪に頼んだ。」（四八六頁）

どれほどのエネルギーを費やして郷士（アロンソ・キハノ）をようやく無事に帰宅させることができたのか、どのように処すれば治療となるのか、司祭を始め姪・家政婦のいわゆる治療（救済）の大義が凝縮された数行と解釈される。

【後編】

「第二章サンチョ・パンサがドン・キホーテの姪と家政婦を相手に起こした大喧嘩、ならびに他にも愉快な事柄が語られる」

「今までのは、序の口のおまけでして、世間の取沙汰を残らず知りたければ、隅か隅まですっかり話してくれる奴をいますぐにでもここへお連れしますよ。実はバルトロメ・カラスコの息子で、サラマンカで勉強して学士様になったのが夕べ戻ってきたので挨拶に行ったのですが、おまえ様の物語がもう本になって出回っていると言うじゃありませんか。表題が『才知あふれる郷士ドン・キホーテ・デ・ラ・マンチャ』だとかでサンチョ・パンサの実名でわしのことにも触れてあるし、ドゥルシネア・デル・トボソ姫の事やわしたちふたりで話し合った事も一緒に書いてあると言うんです。作者が何でそんなことまで知っているのか、わしゃ飛び上がるほど驚きましたよ。」／「ところで、あいつを呼んできていいんだったら飛んで行きますが。」（略）こうして主人を残して学士を呼びに行った。しばらくして連れて戻ってくると、三人の間で何とも愉快な対話が交わされたのだった。（三三〜三四頁）

［後編］で主役をこなすまでに進境著しいサンチョの活力ある個性が、すでに起動し始めているのがよくわかる。

「第三章ドン・キホーテ、サンチョ・パンサそして学士サンソン・カラスコの間に交わされた滑稽なやり取りについて」

「おまえさんが物語の第二の人物でなかったら、サンチョ」と学士が応えた。「わしは罰せられてもいいよ。物語の主だった人物よりもあんたの言うことを聞く方がおもしろいぐらいだからね。」（三八頁）とあるように、サンチョは、［後編］の重要人物であることが、〈知〉を代表するサラマンカ大学学士によって認定される。

「一五章ここでは鏡の騎士とその従士が何者であったかが語られる」

章の序盤で「さて物語は、中途半端なままになっている騎士道を続けるようドン・キホーテに学士サンソン・カラスコが勧めたとき、すでに司祭と床屋のもとへ赴いてばかばかしい冒険に惑わされず、おとなしく家に押し込めておくにはどうしたらよかろうかと相談を持ちかけていたのだと語っている。」（一一二頁）とあるように、カラスコ学士・司祭・床屋の関係性が簡潔でわかりやすい。

「そのふたつの狂気の違いは、強いられて狂うのは直しようがないが自分から狂うのはいつでももとへ戻れるところだ。」（一一三頁）とのサンソンの発言で、―強いられて―とあるのは、運命に強いられての意であろうか?ちなみにセルバンテスの原文では、**La diferencia que hay entre esos dos locos es que el que lo es por fuerza lo será siempre, y el que lo es de grado lo dejará de ser cuando quisiere.** と叙述されている。

「第一七章めでたく結末を迎えたライオンの冒険と共に、ドン・キホーテの前代未聞の豪勇が到達した、そして到達することの出来た最果ての地点が語られる」

〈ライオンの冒険〉の章であるが、ここでは「今度ばかりは間違いなくライオンの爪の餌食となるだろうからとサンチョは、主人の死を思って涙を流し、冒険をののしり、二度の奉公に出ることを考えた日を呪った。しかし涙を流し罵詈雑言をまき散らしながらも、せっせと灰毛の腹を蹴って荷車から遠ざかるのを忘れなかった」（一二七頁）という言動に投影される人間サンチョの究極のリアリズムが窺える。（それは、終局七四章ドン・キホーテ最期の財産分与の場面でも踏襲されている。）あくびや寝返りで反応したライオンに対峙し果せたとして〈勝利〉の獲得を実感したドン・キホーテは、「まことの勇気に適う魔法があろうか？魔法使いどもが拙者から冒険を取りあげるのはできようが、武力と豪胆は出来ぬ相談だ。」（一三〇頁）と言明する。〈信念〉が〈非現実〉を凌駕する、あるいは〈信念〉が〈奇跡〉を呼ぶ様のシーンと言えよう。さらには、「ならばもし陛下から手柄の主についてご下問があれば、《ライオンの騎士》と言上してくれ。今を限りにこれまでの《憂い顔の騎士》を返上し、これに変えてこう名乗るつもりだ。これは、好きなときに、あるいは好都合と思われるときに名前を変えた古の遍歴の騎士の作法に倣うものである。」（同）という呼称（apelativo）変更は、騎士道の範に即した事例であると同時に、そこには自己命名の主体性が読み取れる。〈ライオンの騎士〉としてのその意気（得意）は、ドン・ディエゴ・デ・ミランダをも〈緑外套の騎士〉と命名するまでに至る。命名行為には優位性が内包される。

「第三一章大いなる事柄が盛りだくさんに語られる」

「ドン・キホーテを除いてほかの誰にも愉快なこの言葉のうちに一同は上の階へあがり、ドン・キホーテを金襴《きんらん》の緞子の織物で飾った広間へ案内した。侍女が六人がかりで甲冑を脱がせ、小姓たちが世話をした。」（二二七頁）という訳文からは、［前編］二章の旅籠で、くり抜いた葦を駆使した〝にわか〟騎士の食事場面を彷彿とさせる滑稽さが伝わってくる。公爵邸付き聖職者に関する訳文は、「高家に生まれついていないので、高家の人びとがどう振る舞うべきかをうまく教えられない類の、諸侯貴顕の偉大さを己の小さい根性で計ろうとする類の（略）、ようするに公爵夫妻とドン・キホーテを迎えに出たもったいぶった聖職者がその類の人物であったと私は言いたいのだ。」（二二九頁）とかなり辛辣に表わされ、それでいて一定の威厳を帯びたキャラクターとして描かれる。

「第五〇章老女を鞭打ちドン・キホーテをつねり、ひっかいた魔法使いたる執行人たち何者であったかが明らかにされること、ならびにサンチョ・パンサの妻テレサ・サンチャへ書簡を届けた小姓に起きた顛末について」

「パンサの家の連中は誰もかれも諺を袋にいっぱい詰め込んで生まれて来るらしいわい。話のたびごとにひっきりなしに諺をまき散らさないやつはいないんだから。」（三六〇頁）との日常生活に基く司祭（ペロ・ペロス）による人物評は、実人生の有り様の多くを世間知が凝縮された諺で翻訳・評釈するサンチョ家の特色を喝破するものである。

「第五一章サンチョ・パンサ総督の顛末、ならびに語るに愉快な事柄について」

章末に記されている統治者サンチョ・パンサの功績は、「偉大なる太守サンチョ・パンサ憲法」（会田訳）／「偉大なる領主サンチョ・パンサの憲法」（牛島訳）と訳されてきたが、「偉大なる総督サンチョ・パンサの法令」（三七〇頁 Las construcciones del gran gobernador Sancho Panza）とする訳語は、より日常的で自然かも知れない。

「第五九章ここではドン・キホーテに起こった冒険と見なしうる驚嘆すべき出来事が語られる」

アベリャネダ作『ドン・キホーテ』［続篇］（いわゆる偽作）が出来《しゅったい》した頃、セルバンテスが自作の［後篇］第五九章を執筆中であったことは定説となっている。まさに第五九章内では、他作『ドン・キホーテ』［続編］が登場する。「ドン・ヘロニモさん、夕食が運ばれてくるまでに『ドン・キホーテ・デ・ラ・マンチャ』の続編をもう一章読もうじゃないですか。」（四一九頁）と訳出され、「続編：一六一四年に出版されたアベリャネーダ作の『ドン・キホーテ・デ・ラ・マンチャ』のこと。邦訳、ちくま文庫、上・下巻。」と傍注が施されている。

「その物語に出てくるサンチョとドン・キホーテは、シデ・アメーテ・ベネンヘリの書いた物語で闊歩しているわたしたちとは別人でありますよ。／ご主人様は勇敢で賢くて恋をなさってるし、わしは陽気なお人好しで、大食らいでも酔っ払いでもない。」（四二一～四二二頁）牛島訳ではこの前文と後文の間（／）に、「つまり本物のわしらってのは、」（四九〇ページ）が訳出されていることに加え、「このふたりこそが間違いなく／ドン・キホーテとサンチョ・パンサであって、アラゴン人作家の書いのは、そうでないと信じたのだった。」（四二三頁）においても、／の箇所に会田訳にも「彼らこそ本物の」が添えられているこうしたことからも類推できるのは、既訳とはやや異なり岩根訳では、本物（セルバンテス作の物語・作中人物）か否かの峻別よりも、本物と別物の区分が呈示されていると言える。そこには、アベリャネダ作『ドン・キホーテ』［続編］の研究者・紹介者・翻訳者としての深い理解と矜持が滲出していると考えられる。

「第七二章ドン・キホーテとサンチョがどのようにして故郷の村へ着いたかについて」

この章では、ドン・キホーテ主従とアベリャネダ作『ドン・キホーテ』の主要人物ドン・アルバロ・タルフェとが道中の旅籠で泊まり合わせ、同作品を話題に会話を交わす。主従はともに、「本物のサンチョ・パンサはわしでありますよ。」（五〇〇頁）／「ドン・アルバロ・タルフェ殿、私こそが評判になっているドン・キホーテ・デ・ラ・マンチャ当人であり」（五〇一頁）と宣言する。「別のサンチョ・パンサ」（五〇一頁）／「別のドン・キホーテ」（同）／「幻のドン・キホーテ」（同）等、〈本物〉と対照化されるのは〈偽物〉ではなくむしろ〈別物〉であると見られる。

以上の通り、岩根訳で読解する『ドン・キホーテ』は、既訳（会田訳・牛島訳）を尊重しながら、総じて淡々とした簡潔な訳文を基調に読みやすく仕上げられている。訳注記も必要最小限の傍注形式であり、読書リズムを中断することなくページを進めることになるだろう。誤植らしき箇所が見受けられなくはないが、しかしスペイン語圏の長大な最高傑作の新訳を成し遂げ文学界に公刊したその功績は揺るぎない。アベリャネダの最大の理解者、言わば、アベリャネダ目線をも含んだ、そしてもとよりセルバンテス『ドン・キホーテ』への崇敬も込められた渾身の訳書であると受け留められる。

（かたくら・じゅうぞう　天理大学外国語学科スペイン語・ブラジルポルトガル語専攻教授／スペイン・ラテンアメリカ文学）

Reseña

山本紀夫著

『コロンブスの不平等交換――作物・奴隷・疫病の世界史』

角川選書、二〇一七年

安田圭史

一四九二年、スペイン王室の援助を受けた航海者、コロンブスがアメリカ大陸に到達した。この出来事を機に世界の歴史は大きく変わった。旧大陸と新大陸の間、すなわちヨーロッパとアメリカ大陸間で人はもちろん、作物の移動が始まったからである。現在私たちが毎日のように接する多くの作物は、アメリカ大陸起源であり、最初ヨーロッパに伝えられ、やがてアジアにまで広まったわけである。アメリカ大陸産の作物で代表的なものには、トウモロコシ、ジャガイモ、トウガラシなどがある。著者は、『トウガラシの世界史』(中公新書、二〇一六年)などの著作で知られる、アメリカ大陸の民族植物学研究者である。そうした背景もあって、本書では、とりわけこれらの作物についての歴史が詳細に説明されている。

トウモロコシは、コロンブスが到達する以前から、アメリカ大陸の先住民によってつくられてきた。最古のものとされているのは、紀元前五〇〇〇年頃の小さな穂軸であるという。当初、トウモロコシは生産性が低く、それが主食となるに至ったのは、多くの年月をかけた改良と灌漑技術の発展にある。また、トウモロコシが主食となったことは、先住民の大幅な人口増加につながった。著者によると、こうした人口増大までには約一万年がかかっており、トウモロコシを栽培するようになってからでも約五〇〇〇年を要したとしている。さらに著者は、「現在、トウモロコシは生産性の大変高い作物として知られているが、それにはメソアメリカの先住民の人たちの長い年月にわたる努力のおかげがあったのだ」(四〇頁)と表現して、先住民の功績を強調している。

ジャガイモも、今日の姿となるまでに様々な問題を克服した作物であった。ジャガイモは、元来毒を含んでいて、野生のものは人間の許容量の五倍もの毒を持っているとされている。著者は、先住民が毒抜きの方法を確立させるまでに多くの時間を要したことを高調している。毒抜きの方法とは、主にジャガイモが栽培されているアンデス高地で、ジャガイモを野天に広げるというものである。アンデス高地は、日中はかなり気温が上昇するが、夜間は氷点下まで下がるため、日中ジャガイモは、指で押しただけでも水分が噴き出るほど膨張するという。膨張したジャガイモを握りつぶすと、毒が水分と一緒に出て毒抜きが完了する。著者は、この毒抜き技術がきわめて簡単な方法ではあるが、これを思いつくまでに数千年にわたっての試行錯誤を続けてきたと推測している。ちなみに、ジャガイモは、ヨーロッパに伝えられてから、各地で重要な食糧源となり、「コロンブスの贈り物」とも呼ばれた。

一方で、ヨーロッパからアメリカ大陸に伝えられた作物もあった。その最も有名なものがサトウキビである。サトウキビは、熱帯のニューギニア原産で、緯度が高く気温が低いヨーロッパはその栽培に適していなかった。そのため、コロンブスがアメリカ大陸に到達する以前、ヨーロッパでの砂糖源は専ら蜂蜜であった。新大陸、とりわけカリブ海地域がサトウキビによる砂糖栽培と製糖に適していると判断したスペイン人は、一五一六年、エスパニョーラ島（現在のドミニカ共和国とハイチ）に最初の製糖工場をつくり、一五二〇年には製糖された最初の砂糖が輸出された。製糖には、スペインのみならず、ポルトガル、オランダ、フランスといったヨーロッパの国々が参入し、ここにひとつの大きな問題が生まれた。コロンブスの到達以後、アメリカ大陸では先住民人口が減少し、労働力が不足し始めたのである。それを補ったのが、アフリカからの奴隷であった。著者は、一四四一年から一八七〇年までの四三〇年間で、約九四〇万人の奴隷が連れてこられたというデータを挙げ、特にピークの一八世紀には約六〇〇万人が連行されたとしている。今日、ドミニカ共和国やキューバ、またポルトガルが主に砂糖産業を展開したブラジルなどでは、黒人の比率が高いが、これは砂糖産業の発展が引き起こした皮肉な結果といえる。むろん、奴隷として連れてこられた黒人の生活は、砂糖によって豊かになるヨーロッパとは対照的に、劣悪なものであった。実際、バルバドスでは、一七六四年から一七七一年までの七年間で、三万五〇〇〇人あまりの奴隷を輸入したが、その中の三万人以上が死亡した。

多くの先住民や黒人奴隷を死に追いやった原因のひとつには、天然痘、はしか、インフルエンザなどのヨーロッパからもたらされた疫病があった。中でも、先住民は、ヨーロッパと異なり家畜の伝統がなく、それらの病気に対して全く免疫を持たなかった。さらに、植民のため、牛、馬、豚に代表される多くの家畜がヨーロッパから持ち込まれたことも、疫病の流行に拍車をかけた。コロンブスが一四九二年、エスパニョーラ島に到達したとき、そこには一〇〇万を超す人口があったとされているが、それから四半世紀後の一五〇八年には　約六万人まで減少していた。

こうした作物や人、また疫病の移動は、「コロンブスの交換」という言葉でしばしば表現される。しかし、著者は、その言葉は、双方の交換が完全に「対等」であったときのみ成立するのではないかと疑問を呈している。確かに、コロンブスは、トウモロコシやジャガイモがヨーロッパに伝えられるのに貢献し、またジャガイモは「コロンブスの贈り物」と呼ばれるほど、それがヨーロッパに広まったことへの功績を称賛されている。ただ、著者も指摘しているように、コロンブスの功績は、こうした作物をヨーロッパに持ち帰ったことによるものであって、実際、トウモロコシやジャガイモが今のかたちで栽培され、食されるまでには、先住民の数千年にも及ぶ努力と試行錯誤があったことを忘れてはならない。

さらに、コロンブスのアメリカ大陸到達をきっかけに、ヨーロッパからアメリカ大陸に伝えられたものを考えてみると、アメリカ大陸を豊かにしたサトウキビや家畜があるものの、大きな人口減を引き起こした疫病や奴隷制は、先住民や黒人に最も深刻な打撃を与えた「コロンブスの贈り物」といってよいであろう。ヨーロッパからアメリカ大陸にもたらされた「コロンブスの贈り物」には、先住民や黒人にとって、決して「ありがたくない」ものも含まれていた。その意味において、著者が「不平等」と主張する「コロンブスの交換」という表現は、やはり「不平等交換」に改めるべきなのかもしれない。

（やすだ・けいいし　龍谷大学経済学部准教授）

Reseña

橋本和美

『極める！スペイン語の動詞ドリル《CD付》』

菅原昭江著

白水社、二〇一六年

No hay atajo sin trabajo（努力なしの近道はない）。こんなことわざがぴったりの動詞練習帳が出版された。著者は「はじめに」で次のように述べる。「外国語学習はスポーツやダンスとよく似ています。試合で活躍するサッカー選手はコートの外で体幹を鍛える運動やドリブル練習を繰り返し行っています。バレリーナは日々のバー練習を欠かしません」。スペイン語学習も同じ。大舞台で最高の技を披露するアスリートさながら、高い意識を持ってコツコツ地道に動詞をマスターしたい。

著者は教育の現場から、また研究者としてスペイン語文法の諸問題に長年向き合う。二〇一七年には、『極める！』シリーズの第一弾、『極める！スペイン語の接続法ドリル』が出版された。接続法のジャングルをさまよっていた多くの学習者が、同書によって救われたことだろう。その充実した内容は『スペイン学』第十九号（二〇一六）の拙稿に詳しい。第二弾となる本書は、どのような手法で迷える学習者を導くのだろう。二五〇ページを超えるボリュームは、繰り返し練習に励みたい学習者の期待に十分応えられそうだ。では、その内容を若干ながら紹介させていただきたい。

本書は大きく三パートに分けられる。第一パート（一～十三）は直説法。規則・不規則動詞と再帰動詞（代名動詞）、及び、過去から過去未来完了形までの時制が網羅される。留学してもこれほどの多くの動詞には遭遇できないかもしれない。第二パート（十四、十五）は接続法にギアチェンジ。現在・過去・現在完了・過去完了まで、動詞シャワーをたっぷり浴びることができる。その他（命令、不定詞・現在分詞・過去分詞）は、第三パート（十六、十七）が担当する。バリエーションに富んだ表現とともに、おろそかになりがちな文法事項を確認できる。最後（十八）は総復習で締めくくられる。

次に、各項目の構成を紹介する。まず見開き平均二ページで各テーマの内容が、「活用表→例文→同類の動詞」の順で簡潔にまとまる（接続法や非人称形は見開き四〜六ページ分）。語幹母音変化動詞（二）など、気を付けるべきスペルが多い場合は、吹き出しのメッセージが注意を促す。「同類の動詞」の充実した内容にも注目したい。たとえば規則動詞（一）では、ページのわずか三分の一を占めるコンパクトな表に百十六個もの動詞が収まる（-ar 動詞六十個、-er 動詞二十四個、-ir 動詞三十二個）。活用さえ覚えれば多くの動詞を操ることができるのだと、学習者にお得な印象を与える。教師側にも実に参照させてもらいやすい。評者がさっそく授業で使わせてもらったところ、学生はあれこれ相談しながら動詞を選び、組み合わせ、「生きたスペイン語作文」を披露してくれた。

続く練習問題には平均六ページが充てられる。スペイン語を初めて間もない学習者は、練習問題の前半部分、基礎体力をつけるパターンプラクティス（活用表の作成、主語に合わせた動詞活用）が取り組みやすい。コツをつかんだら、後半部分に進もう。スポーツでいえば練習試合で実践力を養うように、解き応えのある問題が用意されている（穴埋め、文章の結びつけ、読解、作文など）。ページの余白を惜しむかのようにぎっしり並ぶ問題群に圧倒されるが、どれも基本的な語彙、身近な場面で構成されているので躊躇することはない。たとえば、「君は何を注文したの？」（九・現在完了）、「明日よい天気になりますように！」（十四・接続法現在）、「（君たち、）大いに楽しんでね！」（十六・命令法）など、すぐアウトプットしたくなる文章が並ぶ。今の時代を意識した表現「いつ君はそのアプリを追加したの？」（六・点過去）、「（あなた、）バッテリーを充電するために携帯にケーブルをつないでください」（十八・総復習）があるかと思えば、物語を連想させるような「馬車はカボチャになりました」（七・点過去不規則動詞）、「この国では、赤ちゃんはパリから来ると言われています」（四・不規則動詞）まで多種多様な表現が楽しい。更には、「口は災いの元」、「弱り目にたたりめ」（十七・非人称形）といったことわざも登場し、スペイン語ではこれらが「蠅」や「木、薪」で表されるという知識まで身に着く。地道な練習を退屈せずに続けられるよう、著者の配慮が感じられる。配慮といえば、時折出会うこぼれ話のコーナーは良い気分転換だ。ポツポツ小雨、大雨、にわか雨などの天候表現（十四）や、動詞の多義性を紹介するために「（うそが）下手だね」も「（バルコニーが）南向き」も「dar（与える）」で表せること（十七）などが取り上げられる。

巻末には動詞活用表（六十五項目）が用意される。続く動詞リストは abrazar から votar までずらっと三百十五項目が並び、時制ごとに規則か不規則か一目で分かる記号で示される。最終頁の空白リストは自由に書き込もう。付属のＣＤも合わせて活用されたい。ほどよいスピードで耳に心地良い明瞭なスペイン語が収録されている。

ところで、本書で扱われる動詞や文章の多くには意味が添えられていない。そのため学習者は知らない単語をひとつひとつ辞書で調べる必要がある。骨の折れる作業ではあるが、辞書は学修の効果を何倍にも高めてくれる。なぜなら未知の語との出会いが「より記憶に残るもの」となるからだ。「この動詞は、どの単語と一緒に、どんな場面で使われやすいだろうか」と意識して辞書の例文に目を通せば、動詞の性格、ふるまいを根本から捉えられる。時間をかけて知識を深めることは、人付き合いにも似ているだろう。初対面の「誰か」が少し経てば「顔見知り」になり、さらに「友達」へ。数年経つと、性格を熟知した「親友」になるように。外国語をマスターするためにも、ゆっくりじっくり流れる時間は欠かせない。かけた時間の分だけ、かけがえのない知識を得られる。語学の楽しさを味わいながら、ポジティブに取り組みたい。

本書の背表紙には、「そびえたつ動詞の山を越えるために」とある。頂上から眺めるスペイン語の世界は素晴らしいに違いない。初心者はもちろん、一段階上の語学力を目指す者、将来スペイン語の舞台で最高のプレーを披露したい者、すべての学習者に本書をお勧めしたい。

（はしもと・かずみ　天理大学　言語教育研究センター准教授）

Reseña

『セルバンテス』

野谷文昭編

集英社、二〇一六年

三浦知佐子

本書は野谷文昭による『ドン・キホーテ』前篇の翻訳（抄訳九〜四〇一頁）と吉田彩子による『模範小説集』の中から三篇「美しいヒターノの娘」「ビードロ学士」「嫉妬深いエストレマドゥーラ男」の翻訳と三倉康博によるセルバンテスに関する各種資料で構成されている。

野谷文昭による翻訳では、評者はドン・キホーテの一人称が「わたし」なのはまだ違和感を持たなかったが、サンチョ・パンサが「おれ」という一人称を使っていることはとても新鮮な感じを抱いた。サンチョは田舎者であるが故に、もっと田舎臭い感じがする言葉を使う印象を勝手に抱いていたのだ。確かにスペイン語の一人称単数yoについて、「わたし」「あたし」「わし」「おれ」「おいら」「あっし」等、数多ある日本語の中からどれを登場人物の一人称に充てるかは訳者に委ねられている。野谷は作品解題にて「中野好夫はその訳書『ロミオとジュリエット』で、翻訳は解釈であることを強調している。」（六三五頁）ことに言及しながら、現代の読者が時代劇のような言い回しに馴染みが無いことも考えて「この小説のユーモアを担うのは、やはり何といってもドン・キホーテとサンチョ・パンサ、主と従者のコンビによる行動と会話だろう。」（六三六頁）という事に重点を置き、「ドン・キホーテに士言葉《さむらいことば》や古語をあまり使わせない」（六三六頁）、サンチョには「尊敬語は控えさせる」（六三七頁）という思い切った方法を取った。サンチョ・パンサは確かに田舎の農民で非識字者ではあるが、世間知に長けた、人生経験豊かな人物である。ドン・キホーテに対して特に遜る必要などない人物であると言えるだろう。尊敬語を控えさせたことで、ドン・キホーテとの対等性が際立っている。

吉田彩子による三篇の翻訳（四〇三〜六二六頁）はとても読みやすく、作品内では色々な言い回しが現れる。その言い回しがどのような意味を持つのか、にわかに読み解きにくい場合には、各短篇の終わりに記されている詳細な注釈が物語理解の有効な一助となる。

三倉康博による巻末のセルバンテス著作目録（六八三〜六八七頁）やセルバンテス主要文献案内（六八八〜六九八頁）にも注目したい。近年に出版された書籍に絞ってあるが、主要文献案内に関しては単に書名を並べるだけではなく、本の大まかでありながらも重要な点を押さえた内容も記載されている。今後のセルバンテス研究資料として多いに役立つことであろう。

本書はセルバンテスの魅力を十分に読者に伝える良書であるだろう。評者としては野谷文昭による『ドン・キホーテ』前篇・後篇の全訳を読める日が来ることを待望したい。

（みうら・ちさこ　天理大学他兼任講師）

Reseña

『ヨハン・クライフ自伝――サッカーの未来を継ぐ者たちへ』

ヨハン・クライフ著／若水大樹訳／木崎伸也解説

二見書房、二〇一七年

安田圭史

二〇一六年三月、サッカー界の巨星が肺がんとの闘病の末に六八歳の若さでこの世を去った。一九六〇年代から七〇年代にかけて、オランダのアヤックス、スペインのFCバルセロナ（以下バルサ）において攻撃的ミッドフィルダーとして一時代を築き、その後監督としてバルサを世界のトップチームのひとつに躍進させたオランダ人、ヨハン・クライフ（一九四七～二〇一六年）のことである。本書はクライフが亡くなる直前に著した自伝である。実際、クライフによる本書のまえがきは二〇一六年三月に書かれている。目前に迫った死期を意識して「回想録」としてだけでなく、「遺書」としても書かれたからなのか、クライフの現役、監督時代の経験が実名を挙げて事細かに、かつ赤裸々に綴られている。

とりわけ本書で印象的なのは、バルサ監督時代（一九八八～一九九六年）の思い出である。バルサは現在世界最高の選手とされるアルゼンチン人フォワード、リオネル・メッシ（一九八七年～）などを擁し、攻撃的スタイルの伝統で知られるが、この戦術を持ち込んだのは他ならぬクライフであった。クライフは、自身の師であったオランダの名将、リヌス・ミケルス（一九二八～二〇〇五年）が考案、実践した「トータル・フットボール」をバルサで昇華させた。「トータル・フットボール」はフィールド上の一一人の選手がそれぞれのポジションに縛られず、特にショートパスを使って流動的にサッカーを展開するスタイルである。この方法においては、例えば、フォワードは攻撃のみならず、守備にも積極的に参加して相手の選手に激しくプレッシャーをかける。クライフは、このスタイルによって、バルサのボール支配率を飛躍的に高めることに成功した。

また興味深いのは、クライフが戦術において、サッカーだけでなく、野球からも多くのことを吸収したと述懐している点である。サッカーの人気が圧倒的なヨーロッパにあって野球の競技人口も多いオランダで、スポーツ万能であったクライフは、一五歳まではキャッチャーとしてオランダ代表に選ばれている。さらに、クライフは現役選手時代の晩年を、野球が盛んなアメリカ合衆国のリーグで過ごし、その経験も自身に大きな影響を与えたとしている。

クライフは、「トータル・フットボール」の概念をバルサに浸透させ、一九九一〜一九九二年シーズンにおいて、ヨーロッパの各国リーグのトップチームが中心となって競うヨーロッパチャンピオンズカップ（現在のヨーロッパチャンピオンズリーグ）の初優勝に導いた。同時に一九九〇年から一九九四年まではスペインの一部リーグ、リーガ・エスパニョーラ（以下リーガ）四連覇を果たした。クライフが率いたバルサは「ドリーム・チーム」と呼ばれ、バルサの九〇年代の黄金期を象徴する名称となっている。

クライフは、一九九六年のバルサの監督退任後もクラブに残り、主に監督選出の面で絶大な力を発揮した。クライフ以降、バルサを率いた監督のほとんどは、クライフと少なからず交流があった人物であった。クライフが推薦し、二〇〇〇年代後半にバルサの監督を務めたジョゼップ・グアルディオラ（一九七一年〜）はその顕著な例であった。グアルディオラは、「ドリーム・チーム」を選手として牽引したクライフの「愛弟子」ともいえる存在であった。グアルディオラのバルサは、二〇〇八〜二〇〇九年シーズンにスペインで初めて「三冠」（リーガ、ヨーロッパチャンピオンズリーグ、そして国王杯で一シーズン中に全て優勝する各国のサッカーチームにとって最大の功績）を達成した。グアルディオラは、クライフ監督時代にはチームの「司令塔」として重用され、特にパスセンスに優れた選手であった。この点に加え、それほど背が高くなく、華奢な点は、現役時代のクライフに共通していた。クライフは本書の中で、自身がバルサの監督でなければ、グアルディオラは二部リーグのチームに売却されていたかもしれないと記している。仮にそのようなことになっていれば、「ドリーム・チーム」やバルサの「三冠」は存在しえなかったに違いない。グアルディオラは、クライフの「トータル・フットボール」をさらに進化させ、ショートパスとパスワークの精度を極限まで上げることを追求した。結果的にグアルディオラ率いるバルサは、「三冠」の偉業に加え、二〇〇八年から二〇一一年にかけてリーガ三連覇を達成し、二〇一〇〜二〇一一年シーズンにもヨーロッパチャンピオンズリーグを制覇した。まさに「ドリーム・チーム」の再来といえる活躍ぶりであった。

バルサは二〇一四〜二〇一五年シーズンにも「三冠」を成し遂げた。このときの監督は、ルイス・エンリケ（一九七〇年〜）である。ルイス・エンリケは選手としてバルサの永遠のライバルであるレアル・マドリードに在籍していた一九九六年、バルサ監督のクライフに直々に勧められてバルサとの契約を決断したほどクライフに心酔していた。そして二〇一七〜二〇一八年シーズンには、同じく現役時代にバルサでクライフ監督の薫陶を受けたエルネスト・バルベルデ（一九六四年〜）が監督に就任した。クライフの死去後も彼の影響を受けた監督が続々とバルサを率いている事実は、クライフの存在と彼が遺した戦術がバルサにとって特別なものであり続けているからに他ならない。グアルディオラはクライフの死に触れて、「私はサッカーについて何も知らなかった――クライフと出会うまでは――」と表現し、その功績を称賛した。グアルディオラは二〇一六～二〇一七年シーズンからイギリスのマンチェスター・シティーFCで監督を務めているが、二〇一六年一〇月には、多忙な仕事の合間を縫って、本書の同国での出版会見に出席した。

二〇一七年には、本書にとどまらず、ドイツ人ジャーナリスト、ディートリッヒ・シュルツェ＝マルメリンクが二〇一一年に上梓した『ゲームの支配者　ヨハン・クライフ』（円賀貴子訳、洋泉社）も出版され、クライフと彼の戦術に日本でも再び関心が集まっている。それは、クライフによって導入され、グアルディオラ、そして現在のバルベルデへと代々引き継がれるバルサの「トータル・フットボール」が、これまで多くの人々を魅了し、また驚嘆させてきたことの証左といえるであろう。本書は世界のサッカー史においてクライフの存在が、その死後もとてつもなく大きいことを改めて認識させる一冊である。

（やすだ・けいし　龍谷大学経済学部准教授）

京都セルバンテス懇話会 2017 年度研究例会

2018 年 2 月

【プログラム】
日時：2018 年 3 月 21 日（水・祝）15 時半～ 17 時
会場：龍谷大学深草キャンパス紫英館 2 階第 4 共同研究室
JR 奈良線「稲荷」駅下車、南西へ徒歩約 8 分
京阪本線「深草」駅下車、西へ徒歩約 3 分
京都市営地下鉄烏丸線「くいな橋」駅下車、東へ徒歩約 7 分
http：//www.ryukoku.ac.jp/about/campus_traffic/traffic/t_fukakusa.html
協力：龍谷大学

研究発表Ⅰ（15：30 ～ 16：15）（敬称略）
「スペイン内戦期における第二共和制の外交姿勢と国際連盟
―マヌエル・アサーニャの視点の分析を中心に―」
安田圭史（龍谷大学）
司会：フアン・ロペス（天理大学）

研究発表Ⅱ（16：15 ～ 17：00）
「ロルカとスペイン内戦」
平井うらら（京都大学 他）
司会：安藤真次郎（龍谷大学）

コメンテーター：樋口正義（龍谷大学名誉教授）

研究例会後、懇親会を予定。
*会場の都合等、3/19 を目途に出欠をメールでお知らせ頂ければ幸甚です。
以上の通り、お知らせします。多くの皆様のご参加をお願い致します。

※『スペイン学』第 20 号は、4 月下旬に発行予定です。
※ 2018 年度、「第 20 回京都セルバンテス懇話会全国大会」開催につきましても、よろしくご理解・ご協力の程お願い致します。
お問い合わせ先： katakura@sta.tenri-u.ac.jp
片倉充造（京都セルバンテス懇話会代表・天理大学）

京都セルバンテス懇話会　第19回全国大会（長崎大村大会）開催挨拶

2017年6月24日

京都セルバンテス懇話会・天理大学所属の片倉と申します。

この度は、地元大村史談会（久田松会長）、長崎スペイン世界友の会（長崎外国語大学名誉教授田村会長）のご共催を得まして、セルバンテス懇話会第19回全国大会が開催されますこと、ここプラザおおむらにご参加頂きます皆様方と大きな慶びを共有させて頂きたく存じます。

別けても今大会は、南蛮学・踏み絵・天正遣欧使節など地域的専門性を深化させた興味深いプログラムが編成されています。　前任の坂東先生（京都外国語大学名誉教授）からも折々に助言を頂戴し、何とか大会開催に至りました。コーディネーターの熊本学園大学椎名先生、そして大村市山下学芸員のご尽力にも感謝する次第です。

2017年6月、これほどスペインと不可分の文化的催しが、ここキリシタンの地おおむらで実現したことは、あの文豪セルバンテスにも、カトリック伝道の宣教師コスメ・デ・トーレス師にも、南蛮史研究の泰斗松田毅一先生にもさぞ喜んで頂けることでしょう。

最後になりましたが、どうかご都合の許す限り、スペイン語圏文化を満喫して頂けますよう心よりお願い申し上げまして、本日の開会挨拶とさせて頂きます。

京都セルバンテス懇話会

（代表）片倉充造

第19回京都セルバンテス懇話会大会
（2017年6月24日、長崎県大村市）
プログラム

●Ⅰ講演会　（敬称略）

13：00 ～ 17：00　大村市市民交流プラザ「プラザおおむら」
13：00 ～ 13：10　開会挨拶　田村美代子（長崎スペイン世界友の会会長）
　　　　　　　　　　　　片倉　充造（京都セルバンテス懇話会代表）
13：10 ～ 13：25　イントロダクション「スペイン語世界と大村」
　　　　　　　　　椎名　浩（コーディネーター）
13：25 ～ 14：10　講演①「南蛮学の書斎、再び―大村市で蘇った松田毅一文庫」
　　　　　　　　　　　久田松　和則（富松神社宮司、大村史談会会長）
14：10 ～ 14：20　休憩
14：20 ～ 15：05　講演②「続踏絵考」
　　　　　　　　　　　浅野　ひとみ（長崎純心大学教授）
15：05 ～ 15：50　講演③「天正遣欧使節と千々石ミゲル」
　　　　　　　　　　　大石　一久（石造物研究会副代表）
15：50 ～ 16：00　休憩
16：00 ～ 16：40　全体討論、質疑応答
16：40 ～ 16：45　閉会の辞
16：45 ～ 16：50　懇親会場案内
16：50 ～ 17：00　解散

●Ⅱ懇親会　18:00 ～ 20:00　長崎インターナショナルホテル　レストラン「PASEO」

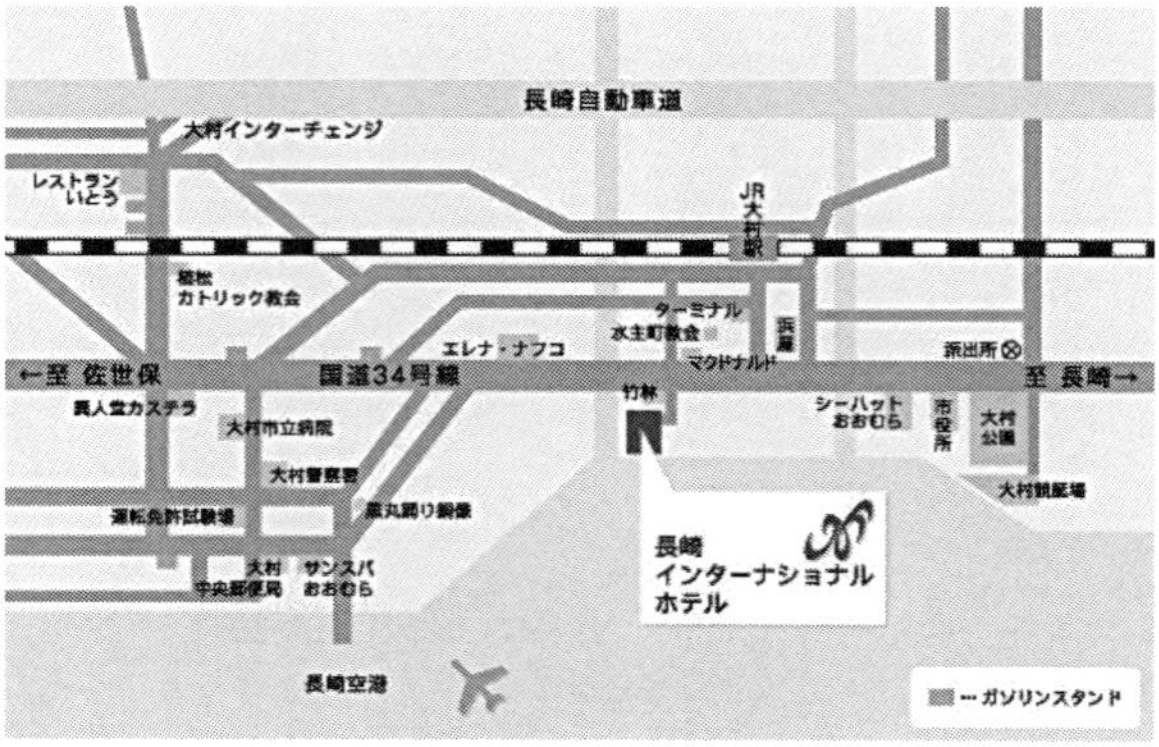

学科編、2017）
『天理大学ヨーロッパ・アメリカ学科07大学祭語劇公演録』（天理大学ヨーロッパ・アメリカ学科編、2007）
Miguel de Cervantes, *Don Quijote de la Mancha*,Real Academia Española,Madrid, 2004.

でしょうし、自信となって心に残るでしょう。この語劇に真摯に取り組んで下さった担当教員と学生諸君の努力に専攻主任として心よりお礼申し上げます。有り難うございました。
山田政信：近年の大学生はアルバイト等で何かと多用だが、時間を割いて語劇の練習や各持場で励んでいる学生たちに敬意を表したい。特に様々な調整役を担ってくれた学生監督の横山さん、天理市文化センター公演までお疲れ様でした。
野口　茂：難解な台詞の暗記から役作り演技練習など、今日まで積み重ねてきた学生たちの努力と熱意に心から敬意を表したいと思います。
野中モニカ:天理大学祭での発表を経て、発音や演技に磨きをかけ、今回の「ドン・キホーテの思い出」上演となりました。語劇を通して語学、文学、文化を吸収していく学生たちをどうぞ温かく見守って頂ければ幸いです。
フアン・ロペス（語劇指導・翻訳・翻案）：この度、西伯専攻の学生がスペイン文学の代表作にして世界的に有名な『ドン・キホーテ』の翻案劇の制作に励んでくれました。長編作品の一部を紹介し、作品全体のメッセージを伝えることができました。今後の語劇も期待しています。
橋本和美：この舞台で活躍する1年次生のみなさんは、約半年前にスペイン語を始めたとは思えないほど立派に成長しました。先生方､頼もしい上級生に支えられて、天理大学の語劇の伝統を継承すべく本日を迎えました。温かい拍手を頂ければ幸いです。
三浦知佐子：『ドン・キホーテ』の作者〈生誕470周年〉という節目に、学生たちはこの作品を上演するため、一生懸命練習して本日を迎えました。応援よろしくお願い申し上げます。

外国語学科主任　片倉充造
　先年に引き続き、本年（2017）も天理市そして天理大学学長室のご厚意・ご理解のもと、天理大学外国語（スペイン語・ブラジルポルトガル語専攻）劇の地元自治体天理市文化センターでの特別公演が実現する運びとなりました。大きな慶びと存じます。奈良県屈指の国際都市天理市・同文化センターで外国語劇が公演されますことは、外国語学校を建学母体とする天理大学の起源にも繋がると思料します。ご来場の皆様そして関係各位に改めて心より御礼申し上げます。

（参考文献）
セルバンテス　『新訳ドン・キホーテ』（牛島信明訳、岩波文庫、2001）
サルバドル・デ・マダリアガ　『ドン・キホーテの心理学』（牛島信明訳、晶文社、1992）
川成洋・坂東省次編　『スペイン文化事典』（丸善、2011）
坂東省次・山崎信三・片倉充造編著『ドン・キホーテの世界』（論創社、2015）
『天理大学国際学部外国語学科2016年度大学祭外国語劇公演録』（天理大学外国語

「優秀助演俳優賞」（外国語部門）を頂きました。この賞に恥じぬよう演じ切りたいです。

床屋　　後藤章治
宿屋主人　坂本隆哉：みんなで協力して頑張ったので見て頂きたいです。
宿屋の女　佐渡二葉
宿屋の女　野口麗奈

銀月の騎士　谷村明伸：精一杯最後まで全力で貫き通します！
ナレーター　高橋　豊

（スタッフ）
監督・脚色・解説　横山あさみ：監督として至らないところがあったかと思いますが、先生方始め、みなさんの協力のおかげで素晴らしい劇ができたと思います。今回の経験は、私にとっても、参加してくれた人にも掛け替えのないものとなりました。
演出・助監督　龍城翔太：今回の劇に演出として携わることができて本当にうれしく思います。みんな自分なりに考えてくれた動きが多々ありますので、面白く仕上がっていると思います。
照明　高田　遼：今年の照明は去年より力が入っており、また一味違ったドン・キホーテになったと思います。裏方ではありますが、精一杯やらせて頂きます。
　　　泉本凌人
音響　谷上真菜／小森　智
大道具・小道具　山崎優磨（アルコイリス会会長）
衣装・メイク　岡野明未
進行　佐伯千秋
庶務　石田ほのか／勝部奈月／清野　彩
字幕　渡辺ひろし

（専攻教員メッセージ）
スペイン語・ブラジルポルトガル語専攻主任　矢持善和
　この度、2017年度の天理大学祭においてスペイン語・ブラジルポルトガル語専攻の学生による語劇「ドン・キホーテの思い出」が公演され、また同語劇が11月10日に天理市文化センターにおいて公演されることは、専攻の教員として喜ばしい限りと感じております。学生諸君がネイティヴ教員の指導を受け、真剣に取り組んでいる姿を見て、この経験は学生の将来において様々な場面で活かされていくと確信しております。
　留学するしないに拘わらず必死で覚えた文章（セリフ）は永遠に脳裏に焼き付く

ア姫（田舎娘アルドンサ）を心に抱き、世直し（社会改革）の旅に出発。風車＝巨人、宿（主）＝城（主）など現実と非現実の境界を超える言動を展開し、各地で騒動（文化摩擦）を引き起こして帰郷。

［後篇］サンチョやサンソン・カラスコ学士等、周囲がドン・キホーテに働きかけ、主従の世直し旅が再開されますが、言動の中心は少しずつサンチョに移行します。旅の果て、銀月の騎士との一騎打ちに敗れ、潔く主従はラ・マンチャへ戻り、郷士はやがてカトリック教徒としての人生を全うします。

（*［前篇］52章［後篇］74章　全126章構成）

スペイン・ヨーロッパを代表する世界文学最高峰を天理大学生のパフォーマンス（actuación estudiantil）でお楽しみ下さい!!

上演翻案作品概要

４幕構成

（１幕）さほど遠くない昔、ラ・マンチャ地方（スペイン）のとある村在住の老郷士アロンソ・キハノが騎士道物語を読みすぎ、騎士に転成し、村娘のアルドンサを至高のドゥルシネア姫と思い込む。城主（宿屋亭主）のもと、騎士叙任式が行われる。いずれ獲得するはずの島（所領）の分与を条件に、近所の能天気な農夫サンチョ・パンサを従士（家来）に取り立て、諸国遍歴の旅に出発する。

（２幕）数日後、主従は世直し旅を開始して、ラ・マンチャの平原を進む。だが、その眼前に現れたのは、騎士の言う魔の〈巨人〉なのか？従士の言う風車なのか？

（３幕）そうした遍歴旅の出立前、4名（姪アントニア、家政婦、司祭そして床屋の親方）による、郷士主人公の蔵書についての詮議（escrutinio）が展開され、読者の理性をゆがめる根源として、多くが焚書に処せられる。

（４幕）旅を続けたバルセロナの浜辺で、騎士ドン・キホーテは銀月の騎士と一騎打ちの決闘を行う。その結果、主従は……?


（キャスト）

ドン・キホーテ　田中悠大：ドン・キホーテ役をします。みんなで協力して作り上げた劇です。一生懸命演じるのでぜひご覧下さい。
サンチョ・パンサ　仲田竜也：1、2、4幕に出ます。長いセリフを頑張って覚えたので、見て下さい！　ドン・キホーテやサンチョ・パンサの細かい動きまでご覧下さい。

姪（アントニア）岡野明未
家政婦　山下加菜：語劇では家政婦をさせて頂いています。第3幕は今回の台本から新しく取り入れた場面ということで、注目して見て頂きたいです。
司祭　山崎理玖也：3幕で司祭の役を演じます。先日、天理大学祭学科発表の部で

外国語劇 2017

天理大学スペイン語・ブラジルポルトガル語専攻特別公演

【プログラム】

M. セルバンテス原作 Miguel de Cervantes

「ドン・キホーテの思い出」

RECUERDO DE DON QUIJOTE

（1605・1615）

〈セルバンテス生誕 470 周年記念〉

日時：2017 年 11 月 10 日（金） 午後 5：30 ～ 6：45

会場：天理市文化センター 3F 文化ホール

***公演原作紹介**：世界的文豪セルバンテス（1547 ～ 1616）によるスペイン黄金世紀の名作『ドン・キホーテ』［前篇］［後篇］は、人間社会を深く洞察した近代小説の原型とされます。宿屋が城に、田舎娘が貴婦人にも映る主人公騎士ドン・キホーテと従士サンチョ・パンサがともに繰り広げる滑稽な冒険話（文化摩擦）の数々。天理大学生（スペイン語・ブラジルポルトガル語専攻）が学外連続公演に取り組みます。

※大型字幕付き・作品解説プログラム配付.（入場無料）

公演：天理大学国際学部外国語学科スペイン語・ブラジルポルトガル語専攻

協力：天理市／天理大学学長室／天理大学アルコイリス会（専攻学科会）

協賛：天理大学外国語学科（※天理大学外国語学科特別表彰対象公演）

問い合わせ：天理大学スペイン語・ブラジルポルトガル語専攻共同研究室

0743-63-9075

***セルバンテスと原作（概略）**

ミゲル・デ・セルバンテスは、16 ～ 17 世紀スペイン黄金世紀の作家。レパント沖（地中海）での戦傷（1571）や北アフリカでの捕虜体験（1575-80）を経て、軍人から作家へ転身。『ドン・キホーテ』［前篇］［後篇］や『模範小説集』（1613）等を代表作品とする。

［前篇］スペイン中南部ラ・マンチャ地方の老郷士（下級貴族）アロンソ・キハノは、数多くの騎士道物語を耽読したあまり、時代錯誤な幻想に陥り、自ら騎士ドン・キホーテに転成。従士として近在の呑気な農夫サンチョ・パンサを連れ、ドゥルシネ

第47回全国スペイン語弁論大会開催結果（天理大学主催）

2018年2月
【敬称略】

優　勝　鈴木　みちの　（天理大学）
「感謝と助け合いに満ちた世界を目指して」
“Hacia el mundo lleno de gratitud y de ayuda mutua”
※（副賞）スペイン語圏往復航空券

準優勝　吉田　響　（龍谷大学）　外国語学科特別賞
「貧困の連鎖と幸せの連鎖」
“Círculo de la pobreza, cadena de la felicidad”

天理市長賞　横山　あさみ　（天理大学）
「おもてなしの心」
“El espíritu de hospitalidad”

特別賞　石田　ほのか（天理大学）外国語学科奨励賞・アルコイリス会賞
「スペインのフラメンコに思う」
“Pensando en el flamenco español”

審査委員会：安田圭史　委員長（龍谷大学）　J. ロペス　（天理大学）

日　時：2018年2月4日：　PM 1：00 ～ 2：30
会　場：天理大学第1会議室（研究棟3F）
懇親会：PM 2：30 ～ 4：30（スペイン語・ブラジルポルトガル語専攻共同研究室）
後　援：駐日スペイン大使館　天理市　奈良新聞社

（文責：天理大学外国語学科スペイン語・ブラジルポルトガル語専攻）

編集後記

『スペイン学』第二〇号が刊行の運びとなりました。京都セルバンテス懇話会／『スペイン学』に集い、支えて下さる皆様に御礼を申し上げます。この記念号発行に祝意を表したく存じます。

『イスパニア図書』（創刊号一九九八）から『スペイン学』へ改題（第一三号二〇一一）され、刊行も京都行路社から論創社（東京）へ移管されましたが、その基本思想は、「スペイン学とは、スペインを綜合的に学問することです。つまり、さまざまな知識を集めて多面的にかつ多角的にスペインを眺めてその全体像を把握し、そこからスペインの本質に迫ることです。対象はスペインですが、従来通りスペインと深く関わっているラテンアメリカも対象であり、スペインと関係する世界も対象であります。」（坂東省次「編集後記」、『スペイン学』第一三号）に求められることを確認致します。

本会会員・賛助会員諸氏はもとより、懇話会代表として長年にわたり力強く牽引された坂東省次先生（京都外国語大学名誉教授）のご尽力そして本誌発行元でもある論創社のご支援にも改めて感謝申し上げます。

『スペイン学』第二〇号の巻頭は、先年（二〇一七）六月の長崎大村大会でのご講演集要旨を掲載しています。読者には、同大会の熱気を少しでも感じ取って頂ければ幸いです。

（[講演録論稿]は、次号で掲載予定。）大村大会の当日、出展に際しご芳志を頂戴しました朝日出版社にも、申し遅れましたが、謝意を表します。

二〇一七年度「京都セルバンテス懇話会研究例会」についても、本号◎「報告」欄で案内のとおりです。龍谷大学にご協力頂きました。深草（学舎）は少々？　懐かしい会場です。

二〇一八年度《京都セルバンテス懇話会全国大会》開催につきましては、大会会場（大学・公共機関等）を調整中です。会員諸氏のご意見・情報をもとに具体的な検討を進めます。

ご投稿・口頭発表（講演）等も含め、お問い合わせは、katakura@sta.tenri-u.ac.jp までよろしくお願い致します。

結びに、『スペイン学』発行はじめ京都セルバンテス懇話会の着実で継続的な、スペイン学を希求する学術的営為が、日本におけるスペイン学研究・文化理解に可能な限り繋がりますよう、皆様のより一層のご理解・ご協力をここに重ねてお願い申し上げます。

（片倉充造）

スペイン学　第 20 号　2018 年 5 月 20 日発行　定価 2000 円＋税

編　集——京都セルバンテス懇話会
編集委員——片倉充造、川成洋、近藤豊、坂東省次、本田誠二
発 行 所——論創社　東京都千代田区神田神保町 2-23　北井ビル
tel. 03（3264）5254　fax. 03（3264）5232
web. http://www.ronso.co.jp/　振替口座　00160-1-155266
組版／フレックスアート　印刷・製本／中央精版印刷
ISBN978-4-8460-1720-0